高不可攀

皮元 著

化学工业出版社

·北京·

图书在版编目（CIP）数据

无高不可攀 / 皮元著. －－ 北京 ： 化学工业出版社，
2024. 8

ISBN 978-7-122-45780-6

Ⅰ. ①无… Ⅱ. ①皮… Ⅲ. ①纪实文学－中国－当代
Ⅳ. ①I25

中国国家版本馆CIP数据核字（2024）第111285号

责任编辑：罗　琨　　　　　　　装帧设计：韩　飞
责任校对：杜杏然

出版发行：化学工业出版社
　　　　　（北京市东城区青年湖南街13号　邮政编码100011）
印　　装：盛大（天津）印刷有限公司
880mm×1230mm　1/16　印张10¼　插页3　字数179千字
2024年10月北京第1版第1次印刷

购书咨询：010-64518888　　　　　售后服务：010-64518899
网　　址：http://www.cip.com.cn
凡购买本书，如有缺损质量问题，本社销售中心负责调换。

定　　价：99.00元

问世间是否此山最高

或者另有高处比天高

在世间自有山比此山更高

我看这重峦叠嶂，上亦是下，下亦是上

人生故事，亦复如斯

前言

我去过很多地方

——比如布隆迪（全称"布隆迪共和国"，位于非洲中东部赤道南侧）、

厄立特里亚（全称"厄立特里亚国"，位于非洲东北部）；

有的地方很遥远，却让人向往无比

——比如"地球的肚脐"复活节岛、"世界尽头"挪威北角。

我还做过一些很酷的事情——

比如在亚马孙丛林披星戴月徒步、钓食人鱼果腹，又如在乌干达找银背大猩猩……

"走南闯北"这个词不仅仅体现在我的旅行中，更体现在我的人生里。

曾经有朋友对我说：要不你写本自传吧，内容一定很精彩。

那会儿我刚迷上登山，心想：等我哪天登上了珠峰，才有资格写……

2021 年我真的登上了世界之巅——珠穆朗玛峰，但却忽然感觉自己一点都没有资

格写自传了……

问世间是否此山最高，或者另有高处比天高，

在世间自有山比此山更高。

我看这重峦叠嶂，上亦是下，下亦是上，

人生故事，亦复如斯。

■ 摩艾石像　皮元摄于复活节岛

■ 撒哈拉沙漠　皮元摄于北非

2021 年，我自尼泊尔南坡登顶世界之巅——珠穆朗玛峰后，在海外漂泊了 192 天。取道美国后，我从美国东海岸的纽约一个人自驾房车，途经 15 个州，行驶 4600 英里（7403 公里），最终抵达美国西海岸的洛杉矶，然后从这里回国。

个中滋味，唯有自知。

曾经每到一个地方我都要把当时的经历写下来，可唯独 2021 年的经历一直被我束之高阁。今天趁这个机会，我想跟大家讲讲我与珠峰的故事。

■ 右页上　　摩洛哥

■ 右页左下　　盘唇族 / 埃塞俄比亚

■ 右页中　　萨尼色尔卡 / 芬兰

■ 右页右下　　牧羊人 / 秘鲁

目录

我为什么要攀登珠峰?

与许多圈内人不同的是,我并非大家想象中的"户外大神",因为我的攀登实际上只是旅行的延伸。但稍具戏剧性的是,登山之前瘦骨嶙峋、四肢不协调的我俨然一个"运动绝缘体";而登山之后的我,彻底改变了。这一切还要从 2016 年东非的那次旅行开始说起。

■ 长颈鹿庄园

2016 年 7 月，我在坦桑尼亚结束了东非旅行。浩浩荡荡的动物大迁徙风尘未尽，我已马不停蹄地飞往肯尼亚，因为内罗毕的长颈鹿庄园是我这次旅行的终点。车终于抵达庄园肃穆的砖红色高墙前，两名荷枪实弹的守卫走过来，一个确认司机和我的身份，一个打开后备箱进行查看，在守卫使用车底探测仪进行了最后一轮安检后，才终于面露微笑地放行。

当车缓缓驶入庄园，映入眼帘的是另一派生机盎然的景象——金合欢树枝繁叶茂，遍布在四周。作为东非的生命之树，在其他植物都枯萎的旱季，它还能源源不断地为土壤和动物提供肥料与饲料。庄园里，自动灌溉系统飞速地转动着喷头，为郁郁葱葱的花草浇水。阳光透过这些被修剪得整整齐齐的花草，斑驳地洒在地面上。内罗毕离赤道仅约 150 公里，但由于它坐落在平均海拔超 1600 米的高原上，所以气候十分凉爽宜人。

司机缓缓停下车，管家已在此等候。他命两位侍从把我的行李拿走，然后面带微笑地向我介绍庄园，礼节恰到好处。

我的房间在二楼，装修得古朴豪华，几盏落地灯照射出温柔的光，刚好照亮了房间的每个角落。在宽大古典的木床上，蚊帐已然被放下，帐脚也被轻轻地堆叠起来；被子上的毛毯被揭开，露出一个小小的隆起，伸手摸过去，竟然是一个热水袋！——虽然时值夏季，高海拔的内罗毕早晚却很是凉爽；床头摆着一张卡片，上面用钢笔工整地写着：

Jambo（斯瓦希里语：你好）*Di Yuan*
We wish you an amazing experience！

管家说，庄园主人已经准备好晚宴，衷心地希望客人能够参加。

晚宴时分，下榻庄园的十来位客人已尽数入席。庄园主人开场便说：大家来自世界各地，要不讲讲自己的旅行故事介绍一下自己？轮到我时，我说生命且短，时不我待，我便来东非大草原用脚步丈量生命的宽度。

庄园主人接着问我：为何不去非洲最高峰——乞力马扎罗山看看"生命的高度"？

一句话让我醍醐灌顶，燃起了攀登的热情。

那一夜，我彻夜未眠。次日清晨立即购票，从内罗毕返回乞力马扎罗国际机场，开始了我人生中的第一次高海拔攀登之旅。登顶那天刚好是我 30 岁生日的第二天，"三十而立"的自豪感溢于言表。自此，我便入坑"攀登"圈。

自 2016 年以来，我攀登了许多高山。2019 年，我第一次成功登顶 8000 米的世界第八高峰——马纳斯鲁峰（海拔 8163 米）。从那之后，珠峰便成了我的目标。

与英国探险家乔治·赫伯特·雷·马洛里（George Herbert Leigh Mallory）著名的回答"因为它就在那儿（Because it's there）"不同，我登珠峰的理由很简单：我要在那儿！

（I will be there！）

■ 在内罗毕的长颈鹿庄园，这是我攀登的起点

成功登顶——乞力马扎罗山

世界最高峰 —— 珠穆朗玛峰
（海拔 8848.86 米）

世界第四高峰 —— 洛子峰
（海拔 8516 米）

珠峰南坡大本营
（海拔 5364 米）

西峰 —— 努子峰

（海拔 7861 米）

DAY1

（2021 年 4 月 16 日）悬崖机场

耗时 3:05:27

Phakding

（帕克丁，海拔 2610 米）4.42 公里

Lukla

（卢卡拉，海拔 2840 米）

故事之始

　　我是自珠穆朗玛峰（后简称为珠峰）南坡攀登的，因为 2019 年我也是跟凯途高山（登山专业服务机构）攀登了世界第八高峰——**马纳斯鲁峰（海拔8163 米）**。我的协作 Pemba Rita Sherpa（后文称 Rita）是尼泊尔极少数有着"国际高山向导"荣誉称号的夏尔巴人（总共 40 多人），因为和我合作默契，攀登珠峰我仍然选择了他做我的山友。

■ 前往卢卡拉途中

　　关于前期从中国抵达尼泊尔的故事这里就不再赘述了，无非是过海关、装备补充、行前会议等诸如此类的零碎事。只不过"过海关"这件事在我漫长的旅行史上似乎从来都不是问题，唯独这次是一个大大的例外。由于篇幅所限，这个放到以后跟爱听我讲故事的读者慢慢说。

■ 珠峰攀登的起点——卢卡拉（海拔 2840 米）

　　从特里布万国际机场升空的双螺旋桨小飞机在低空穿行，我自加德满都谷地向东飞行约 140 公里，航程约 40 分钟便抵达 EBC（Everest Base Camp），也是攀登珠峰的起点——**卢卡拉（海拔 2840 米）**。

■ 卢卡拉机场——悬崖机场

飞机落地停稳，凛冽的冷空气从打开的机舱门扑面而来。嗯……这就是高山的见面礼。卢卡拉机场被称为**"世界上最危险的机场"**，它是由登顶珠峰第一人埃德蒙·希拉里（Edmund Percival Hillary）自行集资于1964年兴建的。希拉里为了帮助登山者更快进入珠穆朗玛峰地区，同时为了回报当地的居民，改善当地的交通状况，兴建了卢卡拉机场。

到现在为止，乘坐飞机仍是从加德满都到卢卡拉最主要、最便捷的交通途径。

之所以说它"危险"，主要是因为它的地理位置——卢卡拉机场修建在悬崖边，并且有一个大大的俯仰角。飞机快要抵达时借助仰角缩短刹车距离，起飞时再借助俯角获得更大的加速度，简单来说就是把飞机往悬崖边开。所以乘客在这里可以看到飞机起飞时好像先"掉"下悬崖，再缓缓升起，令人惊心动魄。

卢卡拉是旅行者、攀登者的第一站，一年到头都有徒步爱好者前往这里徒步（EBC徒步，珠峰南坡大本营的徒步旅行）。因此这个村子建设得很不错，高山木屋环伺山间谷地，起起伏伏非常好看；离机场不远处有一个市集，里面销售各种徒步装备。

我们的队伍在一间咖啡厅稍事歇息，等待协作把驮包从机场拿到这里进行清点和整理。此时阳光终于穿透厚厚的云层铺洒到山谷中，我们坐在咖啡厅门口把奶茶一饮而尽，寒意全无，舒服极了。

驼铃声从不远处叮咚响起，是我们雇的牦牛队来了。它们是"喜马拉雅式"攀登的重要成员。EBC徒步期间，我们的驮包都是由牦牛背负的，自己只需随身携带必要物品即可。其实在EBC徒步期间，除了牦牛外可运输物资的还有人力和直升机。在这三者中，显然是牦牛成本最低，但耗时也最长；而直升机运输的肯定是贵重物资，比如救援使用的物资（此次我也看到有客栈使用直升机调运水管一类不好搬运又特别重要的物资）；那么人力就显得毫无优势——既无牦牛的强负重能力，又无航运的高时效性，但是由于当地民众收入很低，所以政府规定必须有一部分物资使用人力背负。

■ 牦牛与驮包

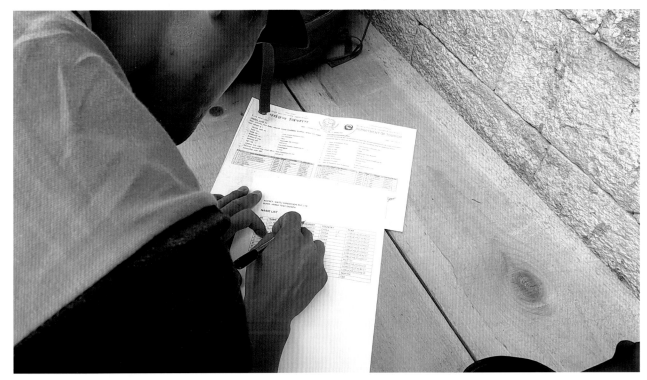

■EBC 徒步中登记信息的领队

　　待到驮包装载完成，徒步便正式开始了。因为整个 EBC 路线都在萨佳日玛塔国家公园（Sagarmatha National Park）内，而国家公园拥有比较成熟的管理和配套设施，所以 EBC 路线也是很成熟的。徒步期间抵达的每个卡点，都有管理人员驻守，还需要领队在此写上诸如抵达时间、同行人员等相关信息并签字。

　　备战了这么久的珠峰攀登终于迈出了第一步，众人都兴奋不已。我们的目的地是**帕克丁（海拔 2610 米）**，比卢卡拉的海拔还低了约 200 米，因此一路轻松。森林、湍流、白塔、狗子、经幡，林林总总甚是新鲜好玩。下午突降一阵急雨，把本就行进快慢不一的队伍分割得稀稀拉拉。好在大家都在多年的攀登中积累了经验，早已习惯了山间变幻莫测的天气，于 3 个小时后陆续抵达了帕克丁的客栈。客栈条件很好，都是一样的山间木屋，推开两道隔温门后，主人已在大厅内生起了火炉。屋外，大雨未停，气温骤降，窗户上已然泛起了白雾。

　　每个人都有自己的房间，众人收拾、聊天、休息，一天很快便过去了。

DAY2

（2021 年 4 月 17 日）绝命海拔

Namche Bazar

（南池巴扎，海拔 3440 米）10.9公里

耗时6:43:50

Phakding

（帕克丁，海拔 2610 米）

■ 给小女孩洗头发

■ 路遇印度登山队伍

吃过早饭我们便出发了，这次的目的地是**南池巴扎**。

EBC 路线始终在山谷间，村落依山傍水而建。路过的村落里积雪未融，屋檐上的雪滑落到田地上，就像在雪白的奶盖上浇了一条形状不规则的巧克力；一个小女孩赤脚坐在石坎上，低头垂落长发，她的妈妈正在用冒着腾腾热气的水给她冲洗；不远处应该是一所乡间学校，只见三三两两的孩子正在学校的操场上打排球。忽然从远处传来喧嚣的声音，原来是一支约有 40 人的印度登山队。

当时正值中印边境爆发激烈冲突，双方各有死伤，我们对印度人自是无好感。不过既然是来自民间的登山爱好者相遇，倒也不至于仇视，面面相觑地打个招呼，然后各自走各自的道便罢了。印度与尼泊尔是近邻，两国在文化、经贸、宗教上交流甚深。而尼泊尔在边境上与我国共享着举世闻名的世界第一高峰——珠穆朗玛峰。因此在每年的珠峰攀登者中，印度人也是最多的。

正午时分我们抵达了检查哨所（check post），需要在此签到、休息。此处有一座大型 3D 石膏沙盘，是整个**萨佳日玛塔国家公园的鸟瞰图**，等找到珠峰时，我的心中竟不自觉地升起一种自豪感——这里，就是我要到达的地方。

■ 萨佳日玛塔国家公园鸟瞰图

15

午餐后继续前行，没多久就抵达了《绝命海拔》电影中的双层吊桥。如果你们看过这部电影，一定会对电影开头这座高低落差巨大的钢索吊桥记忆犹新，以至于有人曾在知乎上发问："电影中的吊桥是真实存在的吗？"

横跨山谷的钢索吊桥原本只有一座，据说后来因交通改道而闲置，人们又在它上方新拉了一座钢索桥，于是就形成了现在这副双桥横跨山谷的模样。钢桥约莫百米，桥墩在山谷两头用力地扎进山体，像两只巨手死死地拽着吊桥。桥体绑满了经幡，它们在山谷上空被风吹得猎猎作响。走过吊桥，一路爬升便抵达了南池巴扎。

我在南池巴扎住的客栈位于半山腰，房间清爽干净，透过窗户可以看到半个南池巴扎的样子。客栈老板说今天阳光不错，热水充足。我赶紧放好驮包，美美地洗了个热水澡后，便进入了沉沉的梦乡。

■ 南池巴扎的客栈

《绝命海拔》——双层吊桥

达南池巴扎——本地的可爱小朋友

世界最高峰 —— 珠穆朗玛峰
（海拔 8848.86 米）

世界第四高峰 —— 洛子峰
（海拔 8516 米）

　　闲来无事，徒步往返于海拔 3440 米的南池巴扎和海拔 3790 米的昆琼（Khumjung，位于尼泊尔萨佳日玛塔专区索卢坤布县的山中村庄，是夏尔巴人的故乡之一）间，乐得自在。那里有一家由日本人开的珠峰饭店（Hotel Everest），得益于饭店的绝佳位置，站在饭店外的大阳台上可清晰地看到珠峰与洛子峰。

DAY3

（2021 年 4 月 18 日）珠峰饭店

阿玛达布朗峰
（海拔 6856 米）

HOTEL EVEREST VIEW 3,800m.

■ 南池巴扎—珠峰饭店（Hotel Everest）

DAY

（2021 年 4 月 19 日—23 日）

4-8

他们摆脱了尘世的枷锁，
触及了上帝的脸庞

Luoboche

（罗波切，海拔 4910 米）

Dingboche

（丁波切，海拔 4410 米）

Namche Bazar

（南池巴扎，海拔 3440 米）

Tengboche

（汤波切，海拔 3680 米）

自南池巴扎出发，便开始一路向上。此时海拔已经超过 3000 米，真正的高山徒步开始了。在这个阶段，众人对高海拔的适应能力表现不一。我特别能适应高海拔，这可能跟我自 2016 年以来每年保持攀登两座高海拔雪山的习惯有关。有些凡尔赛地说，越是高海拔，我就越自在。

■ 前往丁波切途中

随着海拔的抬升，我们周遭的自然景观也从森林变幻成了高山草甸。抵达丁波切后我们迎来了此次攀登路上的第一场大风雪，大家只好乖乖窝在客栈里等待天气转好。而我正好把数日来拍摄的视频素材整理剪辑出来，权当休整。

■ 丁波切客栈

■ 高山草甸之间

丁波切在**萨佳日玛塔国家公园腹地**，水倒是不缺——千万年来冰川融雪源源不断。不过电力倒是个大问题，毕竟它不能靠人畜力搬运。用发电机发电，那也只是紧急情况下的权宜之计。因此，太阳能才是这里电力来源的不二之选。高海拔地区接近太阳，日照充足，阳光转化率很高。不过因是高山而天气变幻莫测，比如我们刚刚迎来的这场遮天蔽日的大雪，就使得客栈电能告急。到了夜晚，客栈老板只会在客栈大厅、房间走廊提供微弱的灯光。众人深知电能来之不易，使用起来都小心翼翼。

下午我们忽然收到消息，说珠峰大本营首次报告有新冠病例。朋友们纷纷发来问候的信息。说到这里，不得不讲一下"everestlink"。这是一条从 EBC 一直架设到珠峰大本营的 Wi-Fi 网络，一般将路由器安装在开阔的高处，比如在 EBC 途中会选择安在某个客栈的楼顶，在珠峰大本营会选择地势相对较高的营地——先扎一根木杆，再把路由器绑在上面。虽说这样经常会信号不好，但它是人们联络外界的唯一选择；而且收费不

■ 在丁波切充电

菲——10GB 就需要 20000NPR（约合人民币 1100 元），可再贵也得买啊！

于是我给 2019 年和我一起攀登过马纳斯鲁峰的队友（她们此时正在珠峰北坡攀登）发信息，告诉她们万一在此次攀登时疫情严重了，我就"南坡上，北坡下"，让她们帮忙给我留个帐篷。

可谁也没想到，世事如天气般难料。今日回想起来当时的情况，仍让人唏嘘不已。

两日后，外面已成白雪世界。好在天气很快就转晴，我们继续前往罗波切。它是抵达珠峰大本营前路过的最后一个大村落，我们将在此进行一次高海拔攀登拉练——在罗波切东峰（Luoboche East，海拔 6090 米）。

途中我们路过了一片墓地，许多攀登者因攀登遇难而长眠于此。中国境外登山遇难勇士纪念碑也在其中。这座纪念碑就地取材，由石块堆砌成3层约莫3米高的白塔，外立面用水泥抹平，残留在上面的哈达与经幡已经被厚厚的白雪压得动弹不得。纪念碑四周的金属铭牌正在阳光下熠熠发光，一支破旧的木质烟斗深深地陷入铭牌上方的水泥——想必是哪位有心人在凿碑之时放入的，它让整个纪念碑显得生动无比。

尽管我对杨春风、饶剑峰、杨宏路、韩昕、李斌等遇难的登山界前辈所知甚少，但此时此刻的我却是像他们一样的逐梦者。我们向纪念碑敬礼，也虔诚地祈福，突然有女队友呜咽起来，我们何尝不是这种感受。

■ 长眠在此的登山前辈

"他们摆脱了尘世的枷锁，触及了上帝的脸庞"，纪念碑的墓志铭是这样写的。

告别纪念碑后，我们正午就抵达了罗波切的客栈。我的老友 Rita 作为罗波切东峰拉练的领队已经在此等候，与他同行的还有几个夏尔巴协作。

讲到这里，就和正在阅读我故事的你分享一下夏尔巴人是如何工作的吧。夏尔巴人生活在喜马拉雅山脉南麓，是天生的攀登者。

■ 丁波切大雪

■ 勇士纪念碑

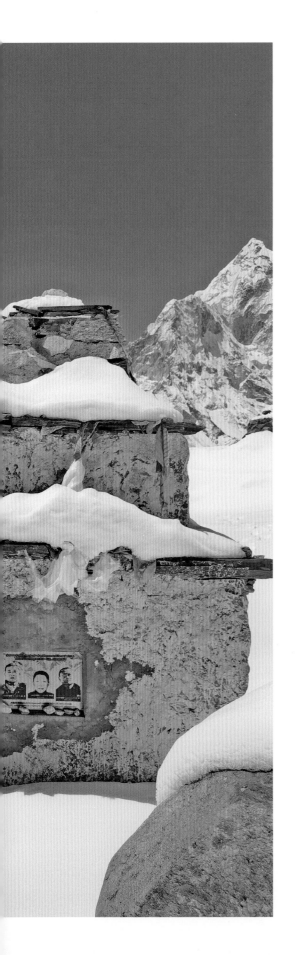

在攀登珠峰南坡的过程中，夏尔巴人扮演着极为重要的角色。以我们的队伍为例，在 EBC 徒步期间，会有夏尔巴人担任队长和协作陪着我们徒步，他们主要负责带队和后勤保障；在我们落脚客栈时，是夏尔巴人为我们做饭，当我们抵达珠峰大本营时，是夏尔巴人为我们安营扎寨；夏尔巴人还会负责人员与物资的调度，他们会照顾我们这支队伍 20 来号人的饮食起居；协作有的陪同我们拉练，有的则在 C1 ~ C4 营地之间不断地运输诸如氧气、食品等必备物品；在正式冲顶之前，所有的夏尔巴人又要返回珠峰大本营，按照事先约定，1∶1 陪同我们攀登。此外，还有尼泊尔旅游局派出的夏尔巴人，算是官方的夏尔巴人代表，他们负责"修路"，即把路绳从昆布冰川修至珠峰顶端；平日里还有"冰川医生"——也是夏尔巴人，负责监控冰川的运动状况，检查路绳的完好程度。

我是队伍中最早抵达客栈的，在炎热的正午赶紧洗了一个热水澡，为接下来的拉练做准备。

■ 夏尔巴背夫

DAY
（2021 年 4 月 24 日—25 日）
9-10

高山
拉练

■ 在罗波切东峰高营地，阿玛达布朗峰清晰可见

罗波切东峰就在罗波切村旁边，抬头即见，但是攀登起来，就没那么容易了。

中午，我们从客栈出发前往罗波切**东峰的高营地**（High camp，海拔5100米）。这是一个冰岩混合路段，攀登起来着实费力。抵达后虽然累，但是时间还早，于是我跑去高处拍了一个延时照片。此时天气很好，我们的黄色帐篷依次被搭好，而明玛 G（想象尼泊尔高山探险的创始人）带着他的队伍刚好结束了拉练准备返回，小小的垭口一时间热闹非凡。

晴空下，营地对面的**阿玛达布朗峰**清晰可见。这座处在尼泊尔珠峰地区群峰之间、像孤立的金字塔一样的山峰非常引人注目，我想自己有朝一日一定会去攀登它。

队员们陆续抵达，协作们给大家煮了点面条，大家吃完后闲聊了一会儿便各自匆匆睡去。

高山攀登拉练

凌晨 2 点半我们被协作唤醒，一碗热腾腾的麦片下肚后，大家便开始结组出发。我特地背上了连体羽绒服，其实攀登海拔 6000 米的高山是用不上连体羽绒服的，着专业的冲锋衣足矣。可我们来罗波切东峰是为了攀登珠峰，从南坡珠峰大本营（后统称为珠峰大本营）出发后就都要穿着连体羽绒服了。我上一次穿着它攀登还是两年前，所以我认为这是一次很好的装备适应训练。

■ 成功登顶罗波切东峰

从高营地到罗波切东峰峰顶海拔抬升了近 1000 米，可想而知这次攀登是一场硬仗。罗波切地区净是冰岩混合的路况，很多地方都需要使用上升器。Rita 带我和另外一个队友结组攀登，但这个队友高反严重，跟 Rita 沟通后，决定我先行一步。在高海拔攀登中，"节奏"很重要，不要一味追求"快"与"慢"，如与队友的频率不同，将是不小的负担。早上 7 点 10 分，我与两名美国队友率先登顶，等返回罗波切客栈时已是下午 2 点 38 分，整整用了 7 个小时。我感觉罗波切东峰是 6000 米级山峰中攀登强度最大的一座，可能也是因为我们并未在 C2 进行休整，一口气登了上去。

■ 在罗波切东峰准备下撤

DAY11

（2021 年 4 月 26 日）

初见

珠峰大本营

这一日特别放松，一来是已经结束了高山拉练；二来是终于要见到珠峰大本营了，我们多年来的准备不就是为了这一天吗？三来是珠峰大本营的条件比一路上的客栈还要好。

是的，珠峰大本营是我们攀登珠峰的大后方，也是我们在做攀登前最后准备时生活时间最长的地方。那里有各个登山公司自己的营地，有完善的后勤保障——厨房、仓库、中西餐厅、会议室，甚至还有配套的营地医院。虽说都是由帐篷搭建的，但是分门别类，井然有序。攀登者有个人独立的大帐篷，物资每天会被源源不断地用人畜力、直升机运送过来，我们在珠峰大本营要做的事就是吃好喝好休息好。

从罗波切出发到珠峰大本营这一段，仍然是沿着"河谷"前进。但事实上，这个绵延数公里（由于全球变暖，埃德蒙·希拉里当年第一次攀登珠峰时，这个冰川还长达数十公里）的"河谷"就是"昆布冰川（Khumbu Glacier）"。

一般常说的"昆布冰川"，是指 C1 ~ C2 那一段危险性高的冰川。实际上"昆布冰川"面积巨大，是从发源于海拔 8000 米的冰川——差不多是从珠峰 C4 营地（海拔 7950 米）的位置倾泻而下，绵延数十公里（"昆布冰川"是世界上最高的冰川，曾因此获吉尼斯世界纪录称号）。但由于全球气候变暖，冰川正在不断变薄。英国利兹大学研究人员在 2018 年进行的一项研究表明，靠近尼泊尔珠峰大本营的冰川正在以每年 1 米的速度变薄。所以当地政府正在研究，未来珠峰大本营可能要下撤 200 ~ 400 米。

我们出发后一路向北，巍峨高山尽显眼前。前方是中尼边界，这气势磅礴的高山群便是举世闻名的喜马拉雅山脉。约莫行进了 3 小时，远方一大片黄色小点如芝士碎般密密麻麻铺展开来，我们兴奋极了——珠峰大本营到了。

■〔珠峰大本营〕BC

■〔珠峰大本营〕BC

37

■ 珠峰大本营——错落有致的帐篷

　　珠峰大本营的海拔超过 5000 米，已经突破了人类能正常生活的最高海拔。而每年的攀登季，南坡珠峰大本营都如"联合国"一般热闹，世界顶尖的登山公司会把各国的攀登者聚集在此，向世界之巅发起挑战，以致有数百顶帐篷在这儿高低错落地安营扎寨。

　　我想，2021 年珠峰攀登人数应当是近两年最多的——受疫情影响。2020 年 3 月 12 日中国发布 2020 年珠峰攀登活动取消公告当天，尼泊尔也宣布停止 2020 年珠峰以及其他山峰的攀登活动。因此，我也取消了自己的攀登计划。所以 2021 年，攒了两年的攀登者在此蓄势待发。据后来尼泊尔旅游局的数据统计，2021 年有 43 支登山队伍共计 408 人（其中男性 315 人，女性 92 人，无性别者 1 人）参与登峰；而在举世闻名的 2019 珠峰大堵车那年，是 44 支队伍共计 304 人参与登峰。

　　走进珠峰大本营，各个营地之间已经建立起清晰的边界——这在以往是不可想象的，因为珠峰的大本营既是营地，也是各国登山大神们互相交流、认识彼此的集散地。这里气氛融洽，欢若

■ 2021 年南坡登顶者登记表

■ 疫情期间营地之间的"防火墙"

■ 珠峰大本营 —— 我们的帐篷

平生。但是由于疫情，各个营地都筑起了自己的"防火墙"，用绳子拉起写着诸如"Where is your mask？""No mask No entry！"等字样的纸板，也算是珠峰攀登史上的奇景了。

抵达我们自己的营地后，众人都兴奋不已。至此，珠峰攀登的第一阶段便正式告一段落了。

我们是一支名副其实的国际队，有 15 名队员：9 个中国人，3 个美国人，2 个冰岛人，1 个丹麦人。登山公司在营地规划上也很用心——除了有为我们准备的中餐厅外，还有为国际队友准备的西餐厅。餐厅实际上就是有着钢结构骨架的大帐篷，这里除了是吃饭的地方，也是我们平时休息、开会的地方。挨着中餐厅的是夏尔巴人的餐厅，大小、功能与我们的一样；厨房也是分为独立的中西厨，食品仓库则紧随其后；餐厅与厨房连接的巨大空地中央，是夏尔巴人用大的方形石块堆砌成的神龛（Chorten），作供奉神明之用，也是我们举行"煨桑"仪式的地方，所以矗立在我们营地的中心位置。神龛的中间有一根约莫 3 米的钢管直插云霄，经幡从上面拉开，延伸到营地的各个角落。

地势低于"中央广场"的一侧是"生活区"——那里的帐篷因为需要减小风阻而设计得低矮且狭窄，不过其最大的优点是轻量化，夏尔巴人的帐篷便设在此处；生活区旁边是浴室，热水器是用煤气罐供给能源。在珠峰大本营，理论上每天都可以洗澡。不过夏尔巴人不建议这样，一来怕洗澡引起感冒，在 5000 多米的海拔上可不容易好；二来洗澡会增加他们的工作负担，高海拔地区的煤气罐和热水器经常出现"罢工"，往往需要夏尔巴人自己烧制热水。

■ 珠峰大本营的中餐厅与国际餐厅

地势高于"中央广场"的一侧是我们的"居住区"——队员们的帐篷像列队的士兵，背靠中尼边界，面向"中央广场"，英姿飒爽地一字排开。帐篷面积约莫 9 平方米，分为内外帐——内帐是卧室，有席梦思床垫，地上还铺有毛毯；外帐可放登山装备，也可晾晒衣物。帐篷边高 1.6 米，顶高 2.2 米，和小屋子一样，成年人站立其间毫无压力。帐篷以钢管为骨，以 PVC 为肤，既稳固又保暖。

■ 珠峰大本营——环保洗手间

尤其值得一提的是珠峰大本营的洗手间。洗手间由小帐篷搭建，坑位之下是夏尔巴人放置的蓝色胶桶，排泄物在此收集后会由牦牛背下山进行处理。环保如斯，也算是在力所能及的范围内做到天花板级别了。

众人抵达珠峰大本营后不久，大家的驮包也相继被送到了。尼玛（Nima）队长指挥夏尔巴人早早就在"中央广场"铺好了地布，他们先将驮包称重，再一件件整齐地放好。我们最后这一段的驮包，是由夏尔巴背夫们从丁波切背上来的。这段 18 公里的山路，驮包以每公斤 100 尼泊尔卢比与背夫结算，约合 5.5 元 / 公斤（2021 年 4 月的汇率）。其中有一个背夫，竟然背负了 95 公斤！其实想想，哪来的天生神力？还不都是生活所迫。这些以山为生的民族，靠着坚毅打拼走出大山，在加德满都置业成家，然后回到山中做世界攀登者的"圆梦人"。

我们在珠峰大本营吃完美味的（我觉得这里的每顿饭都特别好吃）晚餐后，就早早回到各自的帐篷里休息了。独立的空间，舒服的床，还有 Wi-Fi（虽说信号不太好），但已十分享受！

■ 珠峰大本营——我的卧室

■ 罗波切登顶段

DAY12

(2021 年 4 月 27 日）

煨桑

■ 望珠峰

一夜雪后，碧空如洗。我拉开门帘，就能看到"日照金山"。

中国登山界的传奇人物宋玉江（我们的攀登队长），正在餐厅帐捣鼓他的天线，他为人豁达，性格爽朗，平日里犹爱把玩机械、电子一类的玩意儿。而说起摩托车，他更是眉飞色舞，是个颇有蒸汽朋克风的大男孩（我本来想叫他小老头）。他正在摆弄的这个天线是给我们对讲机用的。他设计了一个 App，可以实现在手机上使用普通网络发送语音，然后作为基站的珠峰大本营接收后可将语音转换为无线电，再发送到我们的对讲机上。这样大家在攀登期间，就可以跟家人联系了。

■ 中国登山界的传奇人物宋玉江

■ 珠峰大本营的路由器

煨桑仪式

此时的夏尔巴人在珠峰大本营的屋前屋后忙碌着，因为马上就要举行庄严隆重的"煨桑"仪式了。

"中央广场"的神龛四周，被挂上了佛像；糖果、酒水被整齐地排列在神龛周围，糌粑被做成白塔的样式高低错落地摆在佛像的正前方，旁边的黄铜碗里盛满了大米。尼玛队长叫我们把攀登装备也拿过来，一起祈福。

松柏枝被焚起霭霭烟雾，清香的味道很快就弥漫了整个营地。佛经上说，神灵是不食人间烟火的，但只要闻到桑烟的香味就宛如赴宴。在如此高的海拔之上，我们似乎能更加接近神灵，给众神以美味，给自己以精神祝福。

主持煨桑的喇嘛是从汤波切的寺庙里请来的。众人在神龛前坐好，尼玛队长先将松柏枝放至桑炉内点燃，然后撒上些许糌粑、茶叶、青稞、水果、糖等，最后用松柏枝蘸上清水向燃起的烟火挥洒三次，喇嘛便开始口诵"六字真言"。

煨桑持续约莫2个小时，众人都很虔诚地默念着——"成功登顶，安全回家"是我们最朴素的愿望。献酒洒浆后，喇嘛会为包括夏尔巴人在内所有人的脖子挂上红绳。

阳光被云层遮住，桑烟在空中摇曳，被猎猎寒风吹向了远方。

■ 煨桑仪式

■ 准备中的煨桑仪式

DAY

（2021 年 4 月 28 日—2021 年 5 月 6 日）

13-21

BC→C1　5.2公里　耗时8:32:04

C1→C2　2.95公里　耗时3:16:06

BC（海拔5364米）　C1（海拔5980米）　C2（海拔6400米）

拉练

昆布冰川拉练

我们在珠峰大本营附近的冰川进行了一天攀冰和过冰梯的训练后，终于开始了第一次高山拉练——实际上也是最后一次。因为这次拉练完之后，我们就要开始等待珠峰的窗口期准备冲顶了。

凌晨 1 点，我胡乱扒拉了点早餐、穿戴好装备就跟随队伍出发了。从珠峰大本营出发便是昆布冰川——其实珠峰大本营就建在昆布冰川之上。前文已说过，它是吉尼斯世界纪录中海拔最高的冰川，最高点竟高达 8000 米。但我们一般认为它的攀登核心区域海拔在 5400 ~ 6000 米，用 6 ~ 8 小时通过这段后便是珠峰的 C1 营地（海拔 5980 米）。

为了更符合大家的阅读习惯，后文中的"昆布冰川"我们就狭义地指珠峰大本营 C1 营地这一段。

喜马拉雅数据库显示，1953—2016 年，在昆布冰川死亡的总人数为 44 人。因此，昆布冰川被认为是珠峰攀登中风险最高的路段之一。

我们住在珠峰大本营时，就不时能听到从昆布冰川上传来的巨大的轰鸣声。每次雪崩（或者冰崩）之后，昆布冰川的面貌都会发生或大或小的改变。严格地说，冰川是移动的，而且每天都在变化，因此绝大多数队伍都会选择在夜间冰川最稳定时通过这个恐怖路段。

穿行在数百座不稳定的冰塔之间，随处可见破碎且横七竖八倒着的巨大冰塔。不过这样一来，要过的梯子反而少了——因为很多冰裂缝都已被这些巨大的冰块所填充。

要通过昆布冰川非常辛苦，因为它的线路崎岖需要频繁使用技术装备。但是 Rita 从不让我在此休息，因为高处的悬冰随时都有可能倾斜而下。

■ 昆布冰川

其实，最难走的是冰川上的各种梯子。据说今年（2021 年）冰裂缝较往年少了不少，因此须攀登的梯子数量也随之减少，目前所剩"也就"30 个左右。这些梯子被三三两两地绑在一起，杂乱无章地架设在各种或大或小的冰裂缝上，有的需要逐级横跨而过，有的却需直上直下地爬过。2019 年攀登马纳斯鲁峰时，我曾在一段冰梯上因高山靴上的冰爪被卡住而悬在万丈深渊上无法进退，最终还是 Rita 配合我移动，才帮我解了围。自此，我便谈"梯"色变。好在此次攀登还算顺利，但各种上升下降也让我把攀登技术装备用了个遍。

早晨 8 点多，我抵达了 C1 营地，比预定的时间早了一小时，是全队第一个抵达营地的。

C1 营地建设在昆布冰川之上，翻过那万千沟壑即到。它跟 C2 营地 500 米的海拔落差被这一段漫长的冰坡拉得"微不足道"，看起来就像在一个平面上。

这里没有珠峰大本营那么舒服宽敞的个人帐篷，取而代之的是高山帐。我钻进帐篷，拉开后面即南面的拉链，就可看到三座撼世巨峰正雄视着我：西面是珠峰（海拔 8848.86 米）；北面即正前方，是洛子峰（海拔 8516 米）；东面是努子峰（海拔 7861 米）。这时，一直心心念念的珠峰，竟然真的就近在咫尺了。

休息一日后，我们继续出发。从 C1 营地到 C2 营地没有太多的技术性路段，就是漫无边际地走。这种路段其实挺磨人的——眼看目的地就在前方，却始终到不了。对于急性子的我来说，更是一种折磨。

抵达 C2 营地（海拔 6400 米）的标准用时为 4 小时，我只花了 3 个小时，是全队第三个抵达的。

C2 营地是整个 C1 营地的"平移"——它更靠近洛子峰，就建在珠峰的山脚下，是"简约版"的珠峰大本营。因为 C1 营地实际上是一个过渡营地，正式攀登时我们并不会在此过夜，而是从珠峰大本营出发后进行 C1、C2 营地连登；而 C2 营地 6400 米的海拔高度几乎是直升机救援能抵达的最高高度（破纪录的那种偶然事件在此不提），所以设有机场（停机坪）；这里也很开阔，适合各个队伍设立营地，以便作为中转站将物资补给送到更高的 C3、C4 营地。

C3、C4 营地也设有餐厅帐，还有厨房，大家也能吃到热腾腾的炒菜，只是单人帐篷被换成了双人高山帐。

按照计划，我们要在 C2 营地休整 2 天，适应环境后再继续往 C3 营地（海拔 7040 米）行进。

■ 攀爬冰梯

在拉练回来的路上，我们碰到了"mountain cleaning campaign"（清野行动）的工作人员。这个组织隶属于尼泊尔官方，其口号是"save the Himalayas for the future"（拯救喜马拉雅）。他们正在路边把各营地的垃圾打包，在每个特制的垃圾袋上都清楚地写有该包垃圾的重量。这些是他们从在此扎营的各个登山队伍那里收集的，称重后由登山队伍付费，再交由负责清野的工作人员带走。

我走完昆布冰川，从C2营地撤回珠峰大本营，手机自动连上Everest Link的Wi-Fi后，微信便更新出几百条信息，除了家人、朋友的问候，更多的都是《下一个印度？尼泊尔疫情告急，珠峰大本营17人确诊新冠》这样的新闻……当时的我们虽然身处"风暴中心"，但对此类新闻始终嗤之以鼻。

我和Rita是最早回到珠峰大本营的。脱下装备后，我赶紧请负责后勤的夏尔巴人帮我烧了桶热水，然后一溜烟儿地钻进浴室。此时，天空中还飘着零星的雪花，我想在此刻没有什么能比外出六天后的一场热水澡来得更加舒服吧！

结束这次拉练后，我们将开始等待珠峰的"窗口期"。各个队伍会根据气象数据进行综合研判，最终选择一个好天气进行冲顶。国际队的几个老哥儿准备徒步返回罗波切的客栈等待"窗口期"，我们则准备搭乘直升机返回南池巴扎。之所以这样选择，是为了降低海拔。虽然我们已经能适应高海拔环境，但毕竟这种高度不是人可以常待的地方，降低海拔可以给自己的身体器官放个假，吃好睡好才是最重要的。

据说往年没有疫情之时，会有攀登者从珠峰大本营搭乘直升机返回加德满都休整，更有奇人会因回加德满都后不满天气而直接飞去热带岛屿——马尔代夫，等"窗口期"到了再回来。

■ 当时的新闻

■ 清野行动的工作人员

世界第四高峰 —— 洛子峰

（海拔 8516 米）

■ C1 营地

（海拔 5980 米）

世界最高峰 —— 珠穆朗玛峰
（海拔 8848.86 米）

DAY
（2021 年 5 月 7 日—12 日）
22-27

坏

天气

回南池巴扎等待

2021 年 5 月 7 日早上碧空万里，是个适合飞行的天气。于是，众人走到珠峰大本营的停机坪等待直升机。由于直升机的升力会因高海拔稀薄空气的影响而减少，所以我们返回南池巴扎的路被分成两段：第一段是从珠峰大本营先到费里切（Pheruche，海拔 4240 米），这一段飞机上只能乘坐 4 个人；第二段是从费里切到南池巴扎，这一段海拔低些，飞机上可以乘坐 6 个人。

■ 回南池巴扎途中

在回南池巴扎的路上，飞机躲过云层，掠过咆哮湍急的融冰河，穿行于峡谷间。我看着舷窗外葱郁的森林，才恍然发现自己似已离开"真实的人间"太久了。南池巴扎的停机坪在悬崖边上，飞机放下我们便匆匆离去。众人走向休整

■ 雪人山之家

的客栈——雪人山之家（Yeti Mountain Home），预计大家要在此休整"若干天"直到"窗口期"到来。

其实要说雪人山之家是间"客栈"，还真是有些"委屈"它了。它比我们第一次在南池巴扎下榻的客栈实在是好太多、大太多了，像个豪华"度假村"。这里的海拔比起珠峰大本营整整低了 2000 米，我们在这里休整，身体的各种状态

■ 众人走到大本营的停机坪等待

都好了很多；这里的活动范围也很大——要是嫌餐厅吵，可以去二楼的咖啡厅看书、刷手机；要是嫌客栈里的东西不好吃，可以自己去市场买菜，老宋（宋玉江）能天天做给我们吃。在这种状态下，每个人也显得轻松了很多。刚好尼尔玛·普贾（Nimsdai purja）今年也带队，他去年完成 7 个月 14 座雪山（全球仅有 14 座 8000 米以上雪山）的壮举时，我在马纳斯鲁碰到过他，可谓一见如故。所以他带着几个队员也在此休整，大家有说有笑，时间倒也过得快些。

路遇坏天气

这几日有三则大新闻。

一是 2021 年 5 月 7 日 18 时，也就是我返回南池巴扎的这天，夏尔巴修路队登上珠穆朗玛峰的峰顶，完成了固定珠穆朗玛峰攀登绳索的工作。这说明南坡珠峰攀登建设工作已经实现了交付，理论上可以开始登顶了。因此我们在客栈也多了一份"工作"，就是天天盯着"Mount Everest Weather Forecast"——一个专门监测珠峰地区乃至珠峰顶峰天气数据的网站。这个网站的数据每 2 个小时更新一次，可以让人看到上午、下午和晚上的天气、风速。高山天气变幻莫测，我们的心情也因天气阴晴圆缺，总结起来就是：有些焦虑。

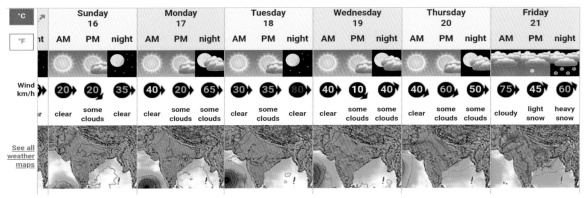

■ 天气数据截图

二是我正在珠峰北坡（我国西藏地区）攀登的队友给我发来信息，说她们被登山队长召集起来开会，告知因受到疫情影响，攀登活动可能要取消。这对于北坡攀登队员来说无疑是晴天霹雳。"攀登珠峰"可不是一场"说走就走的"旅行——比如，首先你得有时间，无论你是创业者还是打工人，都需要一个假期，也许今年刚好可以，而明年就不一定了；又如，你得有家人的支持，也许今年好不容易做通了家人的思想工作，同意让你去，明年就不一定了；再如自己，今年破釜沉舟鼓足了勇气，明年呢？

果然，2021 年 5 月 14 日中国国家体育总局发布通知，决定停止 2021 年春季珠峰北坡攀登活动。于是，我国 21 名攀登队员尽数下撤。总而言之，攀登珠峰必须"天时、地利、人和"。

三是 2021 年 5 月 11 日，巴林王子登山队 12 人登顶珠峰。这个新闻让我们更加焦虑——今年的"窗口期"怎么这么早？提早到来的"窗口期"会不会导致登山季提前结束……

我们反复研判气象数据，得出 2021 年 5 月 16 日前后的风速仅有 10km/h 左右，这是最佳的冲顶时间！经过跟尼玛队长的沟通，我们决定搭乘 5 月 12 日的直升机返回珠峰大本营。最理想的状态是抵达后的当天晚上就出发，这样既能保证不错过 5 月 16 日，又能充分利用这几天的休整成果。

众人都迫不及待地想开始攀登，于是在 5 月 12 日一早便一起匆匆赶去机场，准备飞回珠峰大本营。

巴林登山队成为2021年第一支登顶珠峰的团队 摘报文章

 央视新闻
2021-05-11 14:32　中央广播电视总台央视新闻官方账号　　关注

尼泊尔旅游局负责人米拉·阿查里亚（Mira Acharya）证实，由巴林王子谢赫·穆罕默德·哈马德·穆罕默德·阿勒哈利法率领的巴林登山队于当地时间5月11日6时40分登顶珠穆朗玛峰，成为2021年尼泊尔春季登山季首支成功登顶珠峰的团队。

当地时间5月7日18时，尼泊尔夏尔巴绳索队到达珠穆朗玛峰的峰顶，完成了珠穆朗玛峰攀登绳索固定工作。当晚巴林登山队也离开珠峰大本营向上进发，并且与4天后成功登顶。（总台记者 张玥）

■ 登顶成功的新闻

■ 飞往珠峰大本营的飞机

DAY

（2021 年 5 月 13 日—15 日）

28-30

好风凭借力

送我上青云

■ 穿越昆布冰川，对面是普马里基什峰

好风凭借力，送我上青云

在 2021 年 5 月 12 日我们回到熟悉的珠峰大本营后，气象数据显示顶峰天气发生了急剧变化：孟加拉湾生成了一个气旋，途经喜马拉雅山脉时带来了持续性大风，我们不能按照原计划出发了。

憋足的一股劲儿突然泄了气，但天气如此，我们也无计可施。等待，是我们唯一能做的事。于是，我们几只"瘪气球"只好天天窝在餐厅帐里干等。

5 月 15 日，我们发现后面几天的气象数据有所好转。尼玛通知我们准备出发，我又通知国内的团队让他们帮我做了一张出发海报——"好风凭借力，送我上青云"，标注的登顶日期是 5 月 20 日。

■ 出发海报

DAY

（2021 年 5 月 16 日—20 日）

31-35

耗时约9小时

行程8.15公里

累计爬升1040米

BC（海拔5364米）

C1（海拔5980米）

C2（海拔6400米）

风雪
等待

风雪等待

　　5 月 15 日的深夜——16 日的凌晨 2 点，我胡乱扒拉了点早餐、穿戴好装备就出发了。

　　与拉练不同的是，这次路过 C1 营地我们将不在那里过夜，而是直奔目的地 C2 营地，抵达后将在 C2 营地休息一天，接着前往 C3 营地（海拔 7040 米）。

　　虽然攀登路线一样，但此时的昆布冰川和我们拉练时却已大不相同。

　　早晨 7 点多，我抵达了 C1 营地——比拉练时提前了 2 个小时，稍做休息后继续前往 C2 营地。纵横交错的冰裂缝是这段路上的危险之处——它们是冰川滑过冰斗下高低起伏的岩层后断裂为无数条宽窄不一的垂直沟壑，其危险性在于被冰雪覆盖以后极大的隐蔽性。有个队友就曾在这里滑坠到冰裂缝里，所幸冰裂缝比较窄，加之他又背着很大的背包，跌落时刚好被卡住没有造成持续下坠。而且多亏结组的夏尔巴人反应迅速，立刻把他从裂缝中救了上来。

　　即便如此，相比于冰塔林立的珠峰大本营到 C1 路段，C1 到 C2 路段还是要安全得多。早上 11 点左右，我抵达了 C2 营地。

■ 救援——队友掉入冰裂缝

■ 通过冰梯

■ 远望

5月17日是休整日，早晨阳光却未如期而至。本来在C2营地清晰可见的C3营地，在大雪中逐渐消失——C2营地迎来了超强降雪，这意味着第二天出发已无可能。

5月18日，大雪依旧未停，且狂风大作。

C2营地海拔6400米，这对于长期攀登（包括夏尔巴人在内）的登山者来说，虽不至于使用氧气，但是也几乎达到了大多数人无氧生活的极限。在这样的高海拔上，身体的携氧能力大幅下降，血氧在70%～80%，食欲不振是常态，睡眠质量也大打折扣。因此好几个队友气色都很差，但是我们又无计可施。

这里早已没有了Wi-Fi，厚重的云层也让处在山坳里的卫星电话彻底宕机，我们无法联系家人也看不到气象数据，风雪何时结束成了望眼欲穿的执念。微弱的无线电只够跟坐镇珠峰大本营的老宋联系。

《追梦赤子心》是我缓存在QQ音乐中为数不多的歌曲之一。我在这漫长而困顿的雪夜中反复听着这首歌，那铿锵有力的钢琴前奏、为梦想高歌而撕破的嗓音给了我极大的鼓励，歌词"我想在那里最高的山峰矗立，不在乎它是不是悬崖峭壁"萦绕在耳边时，我许下一个愿望，如果我能登上珠峰，那《追梦赤子心》将是我攀登纪录片的主题曲。

■ 在C2的担忧——与老宋联系

一天又过去了。

5月19日，大雪仍然没有停下来的意思。好不容易熬到晚上，尼玛队长召集我们开会，说C2营地的补给告急——因为本来没打算在此待这么久，C2营地的物资都是夏尔巴人人力背上来的，所以我们很可能要撤回珠峰大本营，等天气转好再上来。

此刻狂躁与不安的情绪交织在一起，整个队伍的士气跌到谷底。撤回，不可能！如果现在撤回珠峰大本营，不仅会因再度往返C2营地而消耗体能，还可能会错过说来就来的"窗口期"；但如果继续留守，则意味着望不到头的消耗。

我们选择了再等等！

5月20日，雪终于停了，虽说未见阳光，但总算看见了希望。尼玛队长通知我们，如果天气转好，我们将在次日出发，准备登顶。

DAY

（2021 年 5 月 21 日）

36

耗时5:14:49

行程2.69公里

累计爬升665米

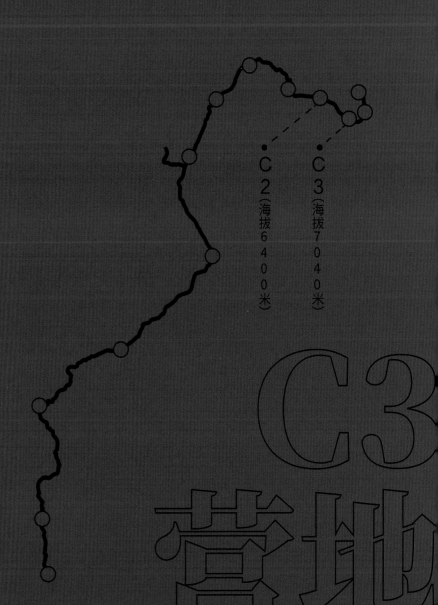

C2（海拔6400米）

C3（海拔7040米）

C3

营地

■C3 营地——海拔 7040 米

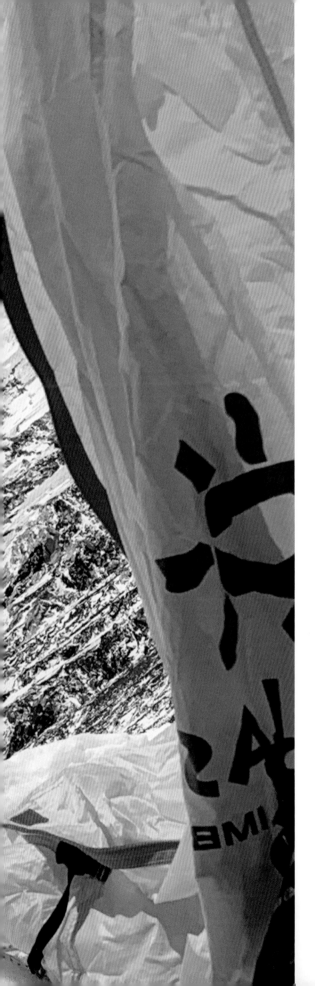

次日清晨天空虽飘着小雪，但我们仍按原计划出发前往 C3 营地了。我向尼玛队长提出：出发就使用氧气（原计划抵达洛子壁脚下时再使用）。彼时，我的状态是队中最好的之一，但是由于漫长的 C2 营地生活消耗了大量体能，所以我想携氧使身体器官舒服一些，并尽可能减少体力消耗。我的目标只有一个：成功登顶，安全返回。尼玛同意了我的要求，于是我便背上氧气出发了。

C2 到 C4 营地是一段高低落差达 1000 多米，长达 2000 多米的冰壁，世称"洛子壁"。而 C3 营地就在"洛子壁"中间偏下的位置。

从 C2 营地出发后不久，我们就抵达了"洛子壁"脚下。这里有一条脚掌宽的"路"，"路"的一边是冰壁上打了冰钉做保护的路绳，另一边是巨大的冰裂缝，它的外围泛着冷峻的蓝光，越往里颜色越深，直到变成深邃的黑色。这个冰裂缝就像被撑开的瞳孔，瘆人无比。我小心地贴着冰壁行走，跳上一个台阶后抬头望去，几条缠满冰碴的路绳像蛇一样蜿蜒而上，直至消失在雪雾的尽头。

用"坐立难安"来形容"洛子壁"这一段路，实在是再贴切不过了。整个大坡走着也难，坐着也难，实在不行找一个绳结处挂上主锁，将自身的重力分担到路绳上一些，就算是"休息"了。

抵达 C3 营地

抵达 C3 营地时已是中午，我关闭了"两步路"的轨迹记录——耗时 5:14:49/ 行进 2.69 公里 / 累计爬升 665 米。

C3 营地是由夏尔巴人生生在冰壁上开出来的一个小小平台——其实就是几级"冰台阶"，每一级台阶上仅够扎几顶帐篷。为了节省空间，相邻的两个帐篷几乎是贴面而立。Rita 刚放下背包，就去帮其他夏尔巴人做后勤了。他叮嘱我，如果上厕所一定要通知他，结好组方可出帐篷——因为往年就有人因为上厕所而被巨大的雪风吞噬。

彼时阴霾已散，烈日正当空，冰壁阻挡了大量的风，导致 C3 营地热得不行。我钻进帐篷脱下装备，悠闲地吃起零食来。我有一张照片，我戴着雪镜，穿着秋裤和白色短袖坐在帐篷里，就是在 C3 营地拍的。那时的我心情愉悦多了——坏天气没了，路开始走了，离梦想更近一步了。

■C3 营地——"冰台阶"上搭帐篷

DAY
（2021 年 5 月 22 日）
37

耗时6:46:25

行程1.99公里

累计爬升777米

C3（海拔7040米）

C4（海拔7950米）

飓风营地

抵达 C4——飓风营地

次日早晨从 C3 营地出发时，前方就已经排起了长龙——因为有的队伍营地建设得比我们高，所以从一开始就在我们前面。路就这么一条，众人一个个被绑在路绳上，像被拴在绳上的蚂蚱，一点点前进。

时不时一阵狂风刮来，把"洛子壁"上的冰碴子卷起来，扑打在我们脸上，简直痛到不行。这个时候，只好把连体羽绒服的帽子套在头上，然后转身蹲下，待狂风过后再往前行。

走过冰壁再横切一段路后已是中午 12 点多，我们抵达了 **C4 营地**。

在这里视野突然开阔起来，开阔到老宋甚至怀疑外星人曾在这里修建了机场——但是谁会在这里修机场呢？此刻天空湛蓝无云——这要放在深圳，可是一头扎进海里游泳的好天气。但在这里，艳阳高照的同时寒风凛冽。而且奇怪得很，这里竟然有乌鸦！

在我行进的前方，左手边是珠峰，右手边是**洛子峰（海拔 8516 米，世界第四高峰）**，而 C4 营地便在这两座巨峰的垭口处。

■C4 营地

南峰顶(海拔8800米)

■C4 营地（海拔 7950 米）

　　Rita 叫我先找个帐篷进去待着，他自己则去协助其他夏尔巴人搭帐篷。我跟两个队友"全副武装"地坐在一顶已经没了"门"的帐篷里，动也不能动、动也不想动的就那么待着，像极了被摆在"橱窗"里的 3 只公仔。

　　此刻"橱窗"外的风巨大无比，而我们能听见的只有帐篷仿佛被几张撕裂的纸片苍白胡乱地拍打得噼里啪啦作响的声音。不久 Rita 便过来叫我们出去，我们自己的帐篷搭好了，供我和另外一个队友与 Rita 共同使用。

　　我原本计划到了 C4 营地就睡觉，运气好的话可以睡 8 个小时，待养足精神再冲顶。但是风这么大，晚上会不会停呢？想着乱七八糟的事，这一觉睡得并不踏实。再次睁眼已是晚上 8 点多了。

　　按照计划，我们 9 点就要出发冲顶。但是风实在太大了，于是我问 Rita 怎么办。Rita 说他去找尼玛队长商量一下，不一会儿他回到帐篷跟我说再睡一下，等 10 点再说。

　　可是此刻，我已睡不着了。

　　十点多，我把对讲机取下来跟在珠峰大本营的老宋联系，问他当时的天气，能不能登顶。他问我预计风速有多少，我说可能有 40km/ 小时。他说风虽然大，但是在可接受的范围内，我们应该没问题。不一会儿，尼玛就过来跟我说：收拾，准备出发！

　　C4 营地上方是一个大雪坡，我们要开始使用手升了。这里风更大，吹得雪碴子呼呼地往脸上扑，脸上顿时像被小刀子割裂般的痛。我只好压低头，虚掩着眼睛一步一步地挪动。

　　我换好装备钻出帐篷，星星点点的头灯已经在远处形成了一条长龙。大风呼啸而过，我硬着头皮和队伍一起朝着顶峰的方向艰难前行。

81

DAY

（2021 年 5 月 23 日）

C4 →阳台→黄带→希拉里台阶→顶峰→ C4

38

耗时14:38:00

行程3.17公里

累计爬升993米

珠穆朗玛峰峰顶 •

（海拔 8848.86 米）

C4

（海拔 7950 米）

世界
之巅

世界之巅——日出

夜里从 C4 营地出发跋涉到第二天早晨 4 点左右，天亮了，风也停了，抬头一看竟有和煦阳光——日出了。

但此时，我的睫毛好像都被冻住了，怎么也看不清楚。

揉揉眼睛，眼前还是白茫茫的一片。

"我可能雪盲了。"我心想。

我跟 Rita 说我的眼睛看不见了，他问我看不见到什么程度，要不要下撤。我说不要，你给我的眼睛哈哈气——我感觉是角膜被冻住了。

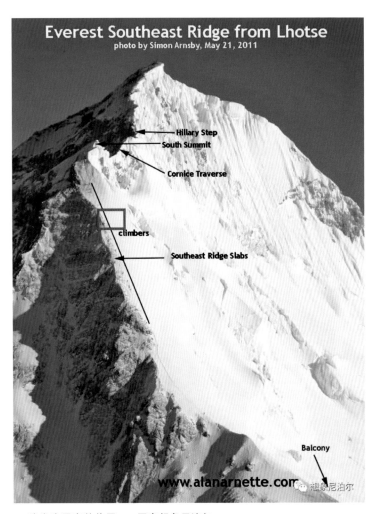

Everest Southeast Ridge from Lhotse
photo by Simon Arnsby, May 21, 2011

Hillary Step
South Summit
Cornice Traverse
climbers
Southeast Ridge Slabs
Balcony
www.alanarnette.com

■ 我发生雪盲的位置——图自想象尼泊尔

■ 日出

■ 在珠峰海拔 8700 米的山脊上——我雪盲了

我们站在 8700 米的山脊上，"路"是被踏平的 40 厘米左右宽的小雪径，两侧便是悬崖，后方要前行的人只能小心翼翼地贴着我的身体绕过去。约莫 10 分钟后，我感觉视野稍微开阔了一点，但是眼睛仍然像糊了一层糯米纸，始终有几块黑斑，让人有种说不出的难受。但好歹是看见了，于是我就跟 Rita 说继续走吧。

　　快到南峰顶（South Summit，海拔 8800 米）时，我发现了一具尸体，不知姓甚名谁，侧卧在地上已经成了珠峰的"彩色路标"之一。尸体周遭有很多路绳，以他作锚点在此交会。我在尸体上找到绳结，换锁，继续前行。后方的山友也是如此这般，冷漠地跨过这具尸体继续前行。

　　但此时不"冷漠"，又能如何呢？

　　若不是他已经死了，我一定会认为他是一个累极了正在雪地里休息的山友。"他曾是现在的我，我也曾是原来的他"，我这样想着，生与死的界限在此时此刻仿佛消失了……

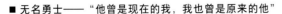

■ 无名勇士——"他曾是现在的我，我也曾是原来的他"

■ 雪盲后继续前进

南峰顶就在距我不远处，我们的攀登开始进入最后的"缓行"阶段。翻过南峰顶就是希拉里台阶，而台阶之上就是地球之巅。

此刻我觉得自己幸运极了，本以为会冒着风雪登顶，但阳光终究是穿透了一夜的黑暗染黄了雪山，阻止了山风，也带走了寒冷。

放眼望去，身后的巨峰安静地排列着，似是千万年都没有动过，乳白色的云海穿梭其间，厚重的云层之间偶尔露出几座山峰的极高点，那些绵延不绝的世界高峰像睡着了一般。

希拉里台阶在接近珠峰峰顶的海拔 8790 米处，这是一截 12 米长、近乎垂直的岩石山壁，是东南侧登顶路线中的最后一个挑战。而它的命名则源自 1953 年首位登顶珠峰成功并因此被封爵的新西兰职业养蜂人埃德蒙·希拉里（Edmund Percival Hillary）。

这里很难走，一面是山脊，一面是悬崖。尤其在"会车"的时候，必须做好万全的保护措施——身上的两只主锁，始终要保证其中一只挂在路绳上。

希拉里台阶

通过希拉里台阶需要 1 小时左右，而后再上一个小小的雪坡就是世界之巅。

如果是在低海拔攀登，这不算是困难的事情。但是在 8000 米之上的极高海拔要保持头脑清晰地操作安全装备进行攀登，本身就是一种考验。因此必须多多练习以便熟练使用主锁，而且熟练到成为一种潜意识，形成极强的肌肉记忆。在挂锁这件事上，我从未马虎过。

在希拉里台阶的中段，我看到了卡什，他就坐在那里。

54 岁的美国人唐纳德·卡什（Donald Lynn Cash）已经完成了七大洲最高峰中六座的攀登，珠峰是最后一座。此前在攀登北美第一高峰麦金莱山时，他因为冻伤而失去了三根手指和两根脚趾。卡什把切下来的三根紫色的手指串成项链，戴在了脖子上。2019 年，卡什来到了珠峰——这是他挑战七大洲最高峰的最后一站，但不幸的是他下撤时昏倒在希拉里台阶再也没有醒来。

如今，他也成了珠峰的"彩色路标"之一。从希拉里台阶通往顶峰的这最后一段，人人都必须从他头上迈过去——因为他就坐在台阶通路的边上。

■ 极高海拔攀登

■ 距离世界之巅还有 10 米

■ 希拉里台阶下方的万丈深渊

■ 2021 年 5 月 23 日尼泊尔时间早上 9∶08 分，经幡飘扬，我登顶了

世界之巅——登顶

世界极点比我想象的要大得多。它是一个面积大于 20 平方米、近似于长方形的角度不小的斜坡，而制高点则是斜坡上的一排小雪堆。我想，这个星球上没有比这排小雪堆更高的地方了吧。雪堆后面就是珠峰北坡的登峰路径，看起来角度比南坡更大。我挂好最后一段路绳的主锁，走到雪堆上坐了下来。Rita 跟我说此地不可久留，催我赶紧拍照下撤。

老宋搞的"微喇"——家人在手机端可以像发送微信语音那样传送语音到我们的对讲机。在我登顶那天，我的爱人一夜没睡，一大早一家人就围坐在客厅守着手机，等着我的消息。

直到此时，我已经很多天没有跟家人联系了。我刚刚登顶，我的爱人就从尼玛的对讲机里喊出几近尖叫般的声音——她的压力终于在这一刻释放：祝贺、激动、叮嘱、祈祷平安的话语都凝结成了一句"等你回来"。而我很淡定地跟她说我的状态很好，但是现在要拍照了，等下去再说。后来我的爱人说，我冲顶的那天，她一夜未眠，天一亮就守着"微喇"，各个队友的家属也尽数在群里。没有我们的消息时，老宋就陪着他们聊天，家属们之间也相互打气、鼓励。当一个接一个地收到自己亲人平安的消息，大家才总算放下心来。

我站起来，打开手机视频准备自拍，想说点什么又哽咽无语，只是一直怔怔地看着远方，脑子里一直想着：这就是这颗蓝色星球上脚步可以抵达的最高处了。

我拍了一段视频：这就是世界之巅，我的梦想实现了！

看着绵延无尽的返程路，我心里不但毫无畏惧，反而变得释然。我跟 Rita 说：走吧，我们回去了。

■ 向家人报平安

93

■ 珠峰下撤——前面就是 C4

在下撤的路上我心想，"登顶珠峰"这份荣耀的保鲜期很短，过 1 个月或 2 个月可能就没那么重要了，最起码没那么引人注目了，那么多人"登顶珠峰"，但大家永远只会找今年的登峰者去演讲。我也不例外，很快就会"过气"。但是这并不重要，因为我只为自己而攀登。它将成为我生命的一部分，为我矗立起一座精神灯塔，照亮我和我的家人，在我今后遇到困难时，指引我、支撑我。

回到 C4 营地是下午 3 点，此刻距离出发时已经过去了快 15 个小时。我们的一个队友晚上 9 点多才返回营地——他在登顶下撤时遇到危险，被 C4 营地的五个夏尔巴人火速返回救援下来，好在性命无忧。

DAY
（2021 年 5 月 24 日—28 日）
39-43

生生
死死

生生死死

从 C4 营地下撤到珠峰大本营一路顺利，回到珠峰大本营才发现在顶峰被救援下来的队友穿着的连体羽绒服竟已满目疮痍，数团白鹅绒从被石头划开的豁口中露出来，就像裂开的爆米花。问他当时情况如何，他说已然记不清自己是如何登顶又如何下撤的，但在那种极限海拔上消耗 24 小时（我们 10 点出发冲顶，他回到营地也是 10 点左右），所遭受的痛苦是常人不可想象的，说在鬼门关走了一遭都毫不夸张——要是算上他在 C2 营地掉入冰裂缝那回，可以说他在鬼门关走过两遭了。

另一个队友 S 返回珠峰大本营后就浑浑噩噩地坐在餐厅帐里一动不动，怎么问他都不答话。他在冲顶的路上，从 C4 营地出发后没多久就因故放弃了。我本以为他是情绪低落，便自顾自地待在餐厅帐给家人报平安。后来就觉得很不对劲——他很臭，令整个帐篷里弥漫着一股粪池的味道。我问他到底怎么了，他恍恍惚惚说什么腿很硬、很痛。我感觉事情并不简单，便叫了两个负责后勤的夏尔巴人跟我一起把他送到了珠峰大本营的"诊所"（Himalaya rescue association）——实际上是喜马拉雅急救组织设立在珠峰大本营的一顶帐篷，这里能提供一些常备药物，还可以处理一些简单的外伤。诊所里的小伙子——看起来像是医学院的学生，问明情况后便让他褪掉裤子趴在床上，我们这才发现他的臀部与大腿之间有一个洞，接着医生说了一个我从来都没听过的词——"fistula"（肛瘘），意思就是他的屁股上烂了一个洞，那臭味就是从他的直肠里漏出来的。诊所里的医生给他处理完伤口后，开了一些简单的药，叮嘱我要看着他吃，说如果到了晚上情况还是这样的话，就一定要去加德满都医院进行更细致的治疗。

找到了问题，事情就好办了。我把 S 带回珠峰大本营，让他吃完药赶紧休息。

两三个小时后，我觉得他的生理与精神状态都毫无好转的迹象，于是有些担心，虽然医生说是晚上再看，可到了晚上万一出事了怎么办？

于是我跟尼玛队长沟通了一下，坚持让他派飞机送 S 先回加德满都。尼玛队长当时正在营地忙前忙后地处理收尾工作，他说按照计划我们的队伍要明日才能一起返程，此时安排一架飞机无疑会增加很多成本。好在后来在大家的帮助下，才总算调配了一架飞机把 S 一个人先行送了回去。

■ 被救援的队友——连体羽绒服已满目疮痍

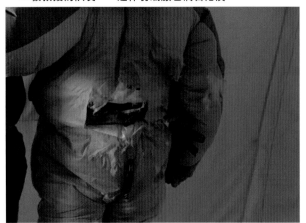

■ 珠峰大本营的"医生"

事实证明，我的坚持是正确的。S下撤后不久，珠峰大本营又迎来了连续四天的大雪，导致直升机无法上山。也就是说当时哪怕晚一个小时，S都很可能无法登机；而S在加德满都被诊断出他说的"腿痛"其实是左侧坐骨直肠脓肿伴富尼埃坏疽——一种极其严重危险的急症，致死率达16%～40%，住院1个多月后才得以康复。

生生死死，遥远，却也触手可及。

S离开后，我整个人轻松了很多，也终于有心思静下来思考，想想自己登上世界之巅还是很骄傲的，却又没有想象中的那种兴奋感。

人生的意义是什么？有人说是体验，有人说是尽欢。可体验如何？尽欢又如何？谁人会觉得自己人生漫长？到生命终结的那一刻，你会想到些什么呢？

小孩拥有了一款心爱的玩具，大学生得到了一份梦寐以求的工作，姑娘找到了自己的如意郎君，运动员获得了奥运奖牌……我也本以为，对所有人来说此山最高，但每个人心中其实都有自己的珠穆朗玛峰，因为人生始终在路上。

生而赴死，何赴此生？或许我们正渺小如生活在三维空间中的蚂蚁，永不知天高地厚。

此刻，我好像忽然理解了李宗盛所唱的那句"越过山丘，才发现无人等候"。

老宋让我去帐篷门口拍张照片，意思是和登峰前的照片对比一下，拍完一看：我的眼里有光了！

此后几日，大雪封山，大家无处可去。于是，我们便在珠峰大本营里举行了一场庆功会。我把这一路上全程用gopro（运动相机）拍摄的攀登素材整理分类，一共存了约1TB，并把它剪辑成了一段时长为7分钟的视频，主题曲用的正是《追梦赤子心》。

DAY
（2021 年 5 月 29 日—5 月 30 日）

44-45

重返
人间

重返人间

乘坐直升机返回加德满都后，我住进了凯悦酒店（Hyatt Regency）。本想着是对自己登山后的"犒劳"，何曾想这一住就是 82 天。

■ 攀珠峰后的我，减重 20 斤

■ 凯悦酒店一景

回到酒店后，登山公司立即安排了 Hams 医院——中国驻尼泊尔大使馆指定的两家检测核酸机构之一，来酒店上门检测——时值尼泊尔疫情暴发，上门服务会更加安全。做完核酸我回房间休息，都不知道自己有多少天没睡过正儿八经的床了。一时间我还有些不习惯：卫生间的热水说来就来，按下开关灯就能照亮房间，微信视频随意拨打——这种重返人间的感觉真是太美好了。

再看看镜子里的自己，肉眼可见瘦得厉害，一上秤，竟整整减重 20 斤。

我住的房间在 3 层，推开窗户便是酒店花园，几大簇栀子花树郁郁葱葱，白色的花正开满枝头。小时候，我的老家每次到了栀子花开的季节就有老奶奶把栀子花串成小串儿在街头售卖，我外婆则常常会买一串挂在我的衣服上，所以我对这个味道很敏感。但是现在，我竟然一点都闻不到花香了！

我赶紧拿出包里的巧克力咬了一口，没有味道。

完了……

感染

5月30日中午，尼玛医生（他是尼泊尔凯途公司的实际操盘人，尼玛队长是他的合伙人）给我发来信息说有个"坏消息"要告诉我，原来珠峰大本营被病毒攻陷不是假新闻——我阳了。

我知道自己不是在凯悦酒店感染的病毒，因为刚感染做核酸不可能马上就能检测到。所以，我大概率是在山上感染的。仔细回想起来，我感染病毒应该是在5月15日左右——从南池巴扎休整结束返回珠峰大本营准备冲顶的那几天。因为我记得15日早上有一个美国队友在珠峰大本营咳嗽得厉害，后来因病放弃了攀登。我还记得在C2营地等待好天气到来时，听见尼玛队长使用对讲机跟下面的伙伴聊天时提到过那位美国兄弟核酸呈阳性。不过当时因为大雪，大家都处于焦灼状态，就没把这事儿放在心上。

我当时的感觉是既忐忑又刺激，忐忑的是全世界都被这个病毒搞得风声鹤唳，不清楚阳了会不会失去生命，心里着实没底；刺激的是自己可以亲身经历一次这么恐怖的病毒，实在是难得。

人生的意义在于经历，不是吗？

我把感染新冠的事情告诉了我的爱人，她一听就哭了。我说有啥好哭的，除了闻不到气味尝不到味道，其他一切正常，能吃能喝！可她还是到处托人想办法，给我发了一台呼吸机过来……

作为感染者，我自己反而要轻松得多。我跟队友说我原来怕感染病毒，从酒店出来总是把自己捂得严严实实的；现在好了，终于可以出门买水果了！其实那会儿加德满都正在"lockdown"——类似于我们提倡的居家办公，大家仍能四处走动，但人要明显少于以往，我走出酒店逛了一圈，在小巷子里的路边摊上买了一串米蕉。

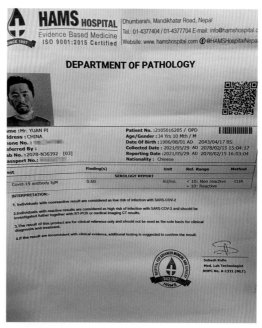

■ 阳性

DAY
（2021 年 5 月 31 日—6 月 24 日）
46-70

再攀
"珠峰"

再攀"珠峰"

5月31日早上，酒店前台打来电话，说有我的信。

信？谁写给我的呢？

过去一看，原来是中国驻尼泊尔大使馆发来的"温馨提示"——亲爱的在尼同胞：自新冠疫情暴发以来，党和国家十分关心海外同胞的生命安全和身体健康……希望大家及时关注尼当地疫情变化……积极配合国内"外防输入"大局。

随信而来的还有一包防疫物资，里面有口罩、防护服、医用手套等。

"外防输入"？这是不是意味着我近期不能回国了？

到了6月，果然迎来了坏消息——据称6月份所有赴华航班全部取消，但是众人心有不甘，仍然抱着试试看的态度去买机票、做核酸。

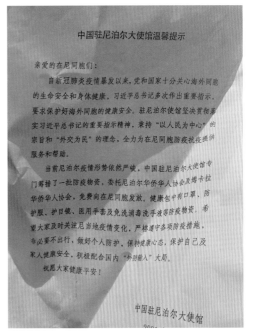

■ 大使馆的信

当时，在尼泊尔有这样一套回国流程。

（1）回国人员必须持有大使馆核发的"健康码"。健康码由大使馆人工审核，必须具备三样东西：检测符合要求（核酸检测阴性、IgG抗体和IgM抗体达标）、回国机票、紧急且必须回国的理由及相关证明。

（2）回国人员登机前的14天、7天，需要提前24小时做PCR及IgG、IgM，前者是鼻咽拭子，后两者则是需要通过采血检测——也就是说，最早只可提前14天买机票。

（3）有感染史的，需要到指定医院拍一张肺部X光片以证明自己肺部没有"纤维化"。

（4）陆路口岸全部关闭，只能通过空港回国。但重点是：当地国有直飞航班的，不可在第三国转机回国——尼泊尔赴华航班只是频繁被取消，而并非没有直飞航班。因此我只能在尼泊尔乖乖等着，等买到直飞航班的机票再回国。

于是只要App上显示有航班，我就会立即买票，做核酸检测。但后来的事情大家都知道了——直到整整一年后的2022年6月14日，尼泊尔才正式复航赴华航班。

彼时，加德满都华人圈里的各种"可靠消息"满天飞，各种"神仙"方案、回国渠道琳琅满目，只有你想不到的，没有你听不到的。可等待回国的人数却只见增加，不见减少。

众人在 2021 年加德满都的夏天：始惊，次醉，终狂。

而我则是一边等飞机，一边试图把生活扳入正轨。

6 月 8 日的核酸检测结果显示我已由阳转阴，其实前两天味觉、嗅觉都已恢复的时候我就预感病毒已经被我的免疫系统清除了；同时我也开始恢复跑步，每天早上在酒店跑 10 公里，以致在加德满都的那几个月，月跑量都在 200 公里上下。

凯悦酒店对面有一幢五层楼高的大型超市，外观是蓝色的玻璃幕墙，我叫它 "blue building"，6 月初也随着加德满都的解封而开放了，并成为我经常买东西的地方；后来我的活动范围慢慢扩大，去帕坦（Patan）、巴德岗（Bhadgaon），去瞎逛，也去尼玛医生家烧烤……

■ 加德满都的超市

■ 加德满都街景

6 月 19 日，我儿子在幼儿园给我做了一个父亲节礼物——纸片小人儿。他说小人儿手上拿的是登山镐（冰镐）；脚上穿的是可以插进雪里的鞋子（冰爪）；绿色裤子黄色衣服是因为他觉得那样好看，衣服上有个蓝色的口袋，里面是我从珠峰给他带的石头（我在珠峰大本营给他带了一块石头）；眼睛上戴了雪镜；嘴上是氧气罩。我想，"登顶珠峰" 这件事，在他的世界里应该很威风吧。

■ 我的云端生日

■ 父亲节——儿子给我的礼物

DAY
（2021 年 6 月 25 日）
71

老庞去世了。

之前，他跟老宋在泰米尔（Thamel）开了一家小有名气的"楼兰餐厅"。1965 年出生的老庞跟我老爸差不多一个年纪，独自在尼泊尔创业。他很健谈，每次餐厅有中国人光顾，他都会攀谈几句。或许如此这般，远在异乡创业的艰辛才会在与食客的觥筹交错间减轻少许。

前几天老庞说自己不舒服，老宋就把他接过去一起住了。我当时还开玩笑说，两个"孤寡老人"总算有伴儿了。可后来老庞一直不见好，老宋便送他去了医院。原来老庞也感染了新冠，而且状况越来越差，没多久就住进了 ICU，那些天他的血氧饱和度挂上呼吸机也才勉强维持到 80%。

尼泊尔当地时间 2021 年 6 月 25 日上午 10 时 55 分，老庞在医院因医治无效去世。

实际上我跟老庞只有"两面之缘"——2019 年攀登马纳斯鲁前和 2021 年攀登珠峰前我都在"楼兰餐厅"吃过饭。但是惊闻老庞意外去世，我还是很悲伤，不禁想起了那个死在珠峰上的兄弟，他们或因生活，或因热爱，都客死异乡。而我现在，也是有家不能回，不知命运又将如何？

下午3:12

沉痛哀悼：我们尼泊尔华侨华人协会理事庞蜀新同志因感染新冠于 2021 年 6 月 25 日上午 10 时 55 分医治无效去世，我们协会失去了一位优秀的理事，优秀的侨领，失去了一位好朋友，我们非常痛心！！庞蜀新同志患病期间，侯艳琪大使非常关心，昨天委托我们到医院探视，了解治疗情况，今天也让我转达了对庞蜀新家属的亲切慰问，对庞蜀新同志的逝世表示沉痛哀悼！

DAY
（2021 年 6 月 26 日—7 月 13 日）
72-89

短发

6月29日，专注于尼泊尔本地新闻的公众号"尼泊尔快讯"上发布了一条新闻：《重磅！尼泊尔赴华航班7月正常执飞》。这对于我们来说简直是天大的好消息，一时间各个微信群都热闹起来，大家奔走相告，我也激动得跳了起来。

6月30日一早，众人相约打车到hams医院抽血做核酸。早上11：09，"尼泊尔快讯"上又发布了一条新闻：《喜航7月上旬尼泊尔至中国重庆航班暂缓执行》，之前"喜大普奔"的新闻也被撤了下来。但文中说："喜航工作人员发布的消息也是给以后航班恢复运营留下了口子：7月下旬恢复飞行依旧是有可能的。"

这种戏剧性的故事几乎每天都在上演，但主题只有一个：回家。这次只因是消息在"尼泊尔快讯"上发布，大家才会格外重视。因为它虽不属于官方，但却是我们获取尼泊尔本地信息的重要途径。可没想到，最终还是一场空。

■ 重磅新闻发布——激动的朋友圈

■ 头发长了

7月1日，我买了7月下旬从加德满都飞往国内的机票，同时也买了7月10日飞往纽约的机票，想着实在不行就绕道回国。为了保险起见，我给中国驻旧金山领事馆发了封邮件，结果被告知疫情高发期不建议国际旅行，有感染史的还必须入境美国6个月后才能发起回国申请。

看来，借道美国返家也不行了。

7月9日，我把头发剪了。上次剪发还是我4月12日出发去尼泊尔的时候，想着只有1个多月就可以回家了，忍忍还是可以的。被滞留后，我想着就把这头发留起来，也算是纪念这一次史无前例的珠峰攀登了。可3个月后头发长得实在是跟蒙奇奇没什么两样了，于是一狠心全剪掉了。

此刻，我感觉头都轻了两斤。

DAY
（2021 年 7 月 14 日）
90

珠峰
登顶亚

珠峰登顶证

尼玛医生帮我们把珠峰登顶证办下来了，众人应邀去他家烧烤庆祝。

尼玛医生的家在卡潘（Kapan），是加德满都的一处院子。于是在他家的小院子里，我们完成了颇具使命感的仪式。尼玛医生与尼玛队长一起把这张印刷得不是很清晰的珠峰登顶证郑重地交到了我的手上，那时加德满都的落日余晖刚好透过他家院子里稠密叶子的缝隙洒下来，让笼罩在茫茫回家漫途的我沐浴在这束光下。

"今天让我哭的事情，总有一天我会笑着说出来"，我心里这么想着。

攀登在绝命海拔，挑战人类极限，为此付出的绝不仅仅是我自己。与家人的分离，事业的停摆，让我痛苦；而早上醒来，想到自己曾经登顶世界之巅，又会让我热烈地拥抱每一天。

史无前例的珠峰攀登至今尚未画上句号，"值不值"是一个难以回答的问题，"为何攀登"是另一个灵魂拷问。

也许只因我在 2016 年攀登完乞力马扎罗后的大放厥词，也许只因我"言必行"般年少轻狂的无知无畏，也许只因我"行必果"奔向中年的万丈豪情。

■ 登顶证书

118

नेपाल सरकार
संस्कृति, पर्यटन तथा नागरिक उड्डयन मन्त्रालय
पर्यटन विभाग
Government of Nepal
Ministry of Culture, Tourism & Civil Aviation
DEPARTMENT OF TOURISM

Section Officer

भृकूटीमण्डप, काठमाडौं
BHIRKUTIMANDAP, KATHMANDU

पर्वतारोहण प्रमाण-पत्र

विक्रम संवत् २०७८ जेष्ठ ९ गते China निवासी श्री PI YUAN (राहदानी/नागरिकता नं ▮▮▮▮▮▮▮▮) ले Kaitu Everest Expedition-2021 नामक पर्वतारोही दलको Member को हैसियतले Sagarmatha (Mt. Everest 8848.86 m.) हिमालचुली सफलतापूर्वक आरोहण गरेको हुँदा यो प्रमाणपत्र प्रदान गरिएको छ ।

कार्यालयको छाप

प्रमाणपत्र दिने अधिकारीको :

सही :

नाम : भीष्मराज भट्टराई

पद : शाखा अधिकृत

कार्यालय : पर्यटन विभाग

मिति : २०७८/०३/२७

Certificate of Mountaineering Expedition

This is to certify that Mr. /Ms./ Mrs. **PI YUAN** Resident of China (Passport / Ctz.-No. ▮▮▮▮▮▮▮▮), has successfully climbed **Sagarmatha (Mt. Everest 8848.86 m.)** Mountain peak on 2021-05-23, as a Member of **Kaitu Everest Expedition-2021** mountaineering expedition team.

Office Stamp:

Issuing Officer's

Signature:

Name: Bhisma Raj Bhattarai

Designation: Section Officer

Office: Department of Tourism

Date: 2021-07-11

■ 珠峰登顶证

119

DAY
（2021 年 7 月 15 日—8 月 8 日）

91-115

美国

到了 7 月下旬，航班被取消的通知如约而至。

我实在等不下去了。

认真研究完所有满天飞的传言后，我得出结论——只能靠自己，我将美国选为我返家的必经之路。

我给美国的队友发信息，问她在不在波士顿，在的话我过去找她吃个饭。她问我，Why don't you go back home？（你为何不回家？）我心说，这就是我回家的一段路。

7 月 26 日，我申请完 EVUS（美国签证更新电子系统）后才发现，我的护照有效期已经不足 6 个月。当时出国前往尼泊尔时我就想着，这本护照跟着我去了几十个国家，珠峰攀登将是这本护照的完美收官。可是怎么也想不到，我竟会被滞留在尼泊尔这么久。

接下来我联系了中国驻尼泊尔大使馆咨询换发护照事宜，却被告知新护照在香港制作，制作好再邮寄到尼泊尔需要约 1 个月的时间，所以他们建议我回国后再办理相关业务。而且在新旧护照换发期间，我的旧护照是不能用的。也就是说，如果我申请了换发护照，那么这一个月内要是我的护照还没到，航班就恢复了，我也不能回家。

思前想后，我下定决心！摒弃幻想，自己想办法回国！

于是，我毅然决然地申请了换发新护照。

8 月 4 日，国家移民管理局召开新闻发布会宣布：对非紧急非必要出入境事由不签换发普通护照。这个消息把我紧张的心脏直接拉到了嗓子眼儿。

8 月 7 日，我意外地收到邮件说让我在线支付护照制作费，支付成功审核没问题就可以去大使馆拿了。于是当天，我就让我的爱人帮我把驾照从中国快递到了美国。我有一种预感，这次真的得经过美国才能返家了。

DAY

116-126

关关难过

关关过

关关难过关关过

8月8日，队友长期关注的从迪拜转机回国的方式终于有了结果，我们几个人也拿到了机票——8月13日00：10从迪拜飞往北京！紧接着我火速买了自加德满都到迪拜的机票，机票时间是8月11日晚上7：35。

我之所以把航班的时间写得这么精准，是因为迪拜方要求绿码申请人要在航班起飞前去指定的两家医院，分别提供检测时间不早于48小时的核酸检测报告。按照当地的习惯判定，我必须在8月9日晚7：35后采血、做核酸，才能保证在要求的时效内拿到检测结果。

这是这么长时间以来我们离回家最近的一次，于是几个人赶紧按照大使馆的要求准备各种材料，真的是对回家充满了期待。

8月9日，我收到邮件说可以去取护照了，于是火速前往大使馆把旧护照现场剪角，领取了新护照。我觉得我的运气太好了，刚好在回家前拿到了新护照，这是我"关关难过关关过"的**第一关**。

"关关难过关关过"的**第二关**：尼泊尔核发的旅游签证有效期是90天，对于我们用于登山是足够了，但谁知道会被滞留这么久？7月12日我们的签证就到期了，于是我火速重新办理了签证。

"关关难过关关过"的**第三关**：8月9日晚上，我们几个人前往Star医院（大使馆指定的另一家医院）进行除核酸以外的其他相关检测，因为Hams医院晚上6点就下班了，而我们被要求必须在晚上7：35后进行检测，所以尼玛医生托关系帮我们延迟了检验处的当日截止时间。

"关关难过关关过"的**第四关**：8月10日一大早，我们几个人焦急的身影已经出现在Hams医院检测窗口前——比上班的护士还早。其间有一对中国夫妇带着孩子前来做核酸，因此处要抽血，那个小孩被吓得一直哭，而父母则一直安慰他，再做一次就可以回家了。听到"回家"这两个字，我的内心也充满了憧憬。

"关关难过关关过"的**第五关**：8月10日下午，我们拿到了两家医院出具的所有检测报告，然后就开始按照大使馆的要求逐一上传。除了核酸、采血报告外，还有肺部X光照片及医生诊断无纤维化的报告，必须回家的理由等一众堆积如山的材料。提交完材料后，我们怀着惴惴不安的心情开始等待大使馆工作人员的审核。当时我在朋友圈写道：愿今次如冲顶之日，虽经历风雪，但终满身暖阳！

"关关难过关关过"的**第六关**：8月11日凌晨看到新闻，尼泊尔飞往迪拜的航班可能会因疫情取消。

"关关难过关关过"的**第七关**：8月11日晚上8点，我收到大使馆核发的"红码"，原因是"有14天内尼泊尔旅行史人员禁止搭乘去北京的直航"。

"关关难过关关过"的**第八关**：北京不行，那就广州，于是我赶紧联系了相关朋友帮我们改从迪拜飞往广州。

"关关难过关关过"的**第九关**：8月13日，接到中国驻尼泊尔大使馆工作人员的来电，工作人员询问我是否确定可以从尼泊尔入境迪拜。我听得心头一惊，我们几个人赶紧从网上翻找出迪拜的入境政策研读，原来疫情防控期间迪拜已经取消了中国人入境迪拜的"落地签"，也就是说我们在没有迪拜签证的前提下是不能入境迪拜的，但是转机可以。而中国驻迪拜大使馆也发来回复，要从尼泊尔搭乘飞机在迪拜转机回国，必须入境迪拜接受一次核酸检测，待结果出来无问题后方可转机。

也就是说，迪拜不允许入境但可以转机，而中国驻迪拜大使馆要求转机必须入境。因此，就算我拿到了中国驻尼泊尔大使馆核发的绿码，到了迪拜也一样行不通。

至此，我们从尼泊尔回国的希望彻底破灭！

但彼时，我决定一定要离开尼泊尔且不再回头。

■ 入夜后的加德满都街景

125

"关关难过关关过"的**第十关**：8 月 13 日，我顺利更新了美国签证，有效期为 2 年。紧接着购买了 8 月 18 日自加德满都飞往迪拜转机前往纽约的机票，并制订了计划：到纽约后开始自驾游，把整个美国走一遍，等到什么时候可以回国了，再从美国回家。如此这般，我就是整整绕地球一圈后才返家，这也算得上史无前例的回家之路了吧！

8 月 16 日，我又在 hams 医院做了一次核酸，从迪拜入境美国不需要提供绿码，不需要拍肺部 X 光片，只需要 72 小时以内的核酸阴性报告便可登机。

"关关难过关关过"的**第十一关**：8 月 18 日，我的航班是晚上 9：35 起飞，我早上就到了机场——我一心只想回家，在尼泊尔一秒钟都待不下去了。下午去值机柜台办理手续，值机人员仔细检查了我的护照和美国签证，终于给我发了两张联程机票。当时排在我身后的是 2 女 1 男，3 个中国人，他们不懂英语，让我帮忙沟通下值机，我答应了下来。值机人员问他们去哪，他们说去迪拜。值机人员问他们是否有签证，他们几个面面相觑，好像不知道迪拜已经要求事先办好签证。小伙子从包里掏出一张皱巴巴的 A4 纸，写着他们 3 人的购票信息让我给值机人员。我说不是这个，他说他们只有这个，我只好帮他们提交了。值机人员说不行，必须有签证，就把护照退还给了他们。旁边那个女生"哇"的一声哭了，那个小伙子急忙抓住我的包问我：你怎么可以走？我说我要去美国，在迪拜转机。他落寞地松开手，转过身去叫他的两个同伴，然后提上包离开了柜台。

时至今日，我依然记得那个女生哭的样子。

顺利通过了海关，我在候机厅等飞机的时候心情很是复杂——被滞留在尼泊尔几个月不能回家，离开的时候心情却又算不上好，总觉得自己还没有好好地跟尼泊尔、跟珠峰告个别。

我常说，登顶不是登山的全部，安全回家才是。所以，我的珠峰攀登还未结束。

"关关难过关关过"的**第十二关**：8 月 19 日，我乘坐的飞机在新泽西州上空盘旋了几圈，舷窗外一排排的房子五颜六色，好像在慵懒的阳光下睡着了。我在飞机上准备了一堆可能会涉及的海关应答，终于快轮到我了。

入境审查官问我从哪里来，我说尼泊尔；他问我来美国干什么，我说准备自驾游玩；他问我准备待多久，我说 2 个月。他"啪"一下盖了章，入境有效期半年，全程用了不到 2 分钟。

离开机场后，我叫了一辆出租车，并订了一间曼哈顿第五大道的酒店。从肯尼迪国际机场到曼哈顿这一路，我一直盯着窗外飞驰的景象：没有了加德满都的市井和陈旧，取而代之的是规整的城市快速路。

我给我的爱人发了一条微信：我好像回到深圳了。

■ 美国街景——我好像回到深圳了

DAY
（2021 年 8 月 20 日）

127

疫苗

疫苗

　　一大早，我就在沃尔格林（Walgreens）上预约了莫德纳（Moderna）的信使核糖核酸（mRNA）疫苗。

　　沃尔格林是 20 世纪初创建于美国的一家药店连锁销售机构，在全美国有 7000 多家门店。在美国都市中，沃尔格林和 CVS 的身影随处可见。它们不仅扮演着"药店"的角色，还扮演着像中国 7-11 与药店合体的综合便利店的角色。

　　疫苗从网上就可免费申请，进入沃尔格林官网输入所在地的邮编就可以找到离自己最近的一家，我找到的这家刚好就在我所住的酒店旁边。上午约好，下午就可以去打。到沃尔格林报到后，护士给我拿了一张告知书，就是打针后的注意事项，签好字等了几分钟，护士就叫我进房间打针，其间一直说不要怕，她会很轻，打完后还给我在针孔处贴了一张创可贴，简直把我当小孩对待了。

　　至此，我体内一共有了 3 针疫苗——2 针中国的灭活疫苗，1 针美国的非灭活疫苗。

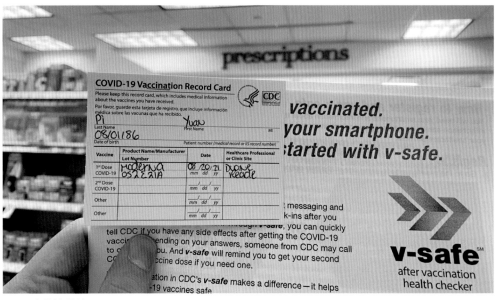

■ 疫苗接种单

　　从沃尔格林出来，我在曼岛上瞎逛，逛到中央公园对面一个很大的超市，走进去才猛然感觉到自己终于回到了熟悉的现代社会——虽说加德满都也有超市，但与美国的超市相差较大。在加德满都能买到的水果非常有限，一般就是香蕉和芒果，吃的则更不用说了。我在这间大大的超市里非理性地买了沙拉、水果、刺身、烤鸡和饮料，因为我已经太久没有好好地吃一顿了。

DAY
（2021 年 8 月 21 日）
128

热带
风暴

热带风暴

　　早上我去曼哈顿的中央公园跑步，天气阴沉燥热，一圈下来刚好 11 公里，可我的身体状态不太好，配速为 6′42″。

　　回到酒店本想冲个澡就去吃早餐，没想到窗外已是狂风大作。我的手机一直在弹出警报信息，说热带风暴亨利已经在今天上午升级为一级飓风，并在继续加强，正向东北方向移动。纽约已经进入紧急状态！

　　信息里说飓风极度危险，让大家尽量待在家里。

　　我慌忙跑去楼下的沃尔格林囤了点吃的，当回到房间时已经被淋了个透湿。忽觉浑身酸痛，拿额温枪一打，果然发烧了——根据我打完第二针的经验，这是 mRNA 强烈的应激反应，因为我每次打完都会发烧。

　　现在回想起来，发现这天是我滞留在国外那多天里最难熬的一天。

■ 中央公园跑步

　　我本在尼泊尔，最近的时候离中国可以说近在咫尺（珠峰顶属中尼共享），即便是加德满都，距离深圳也才 3000 公里。虽说有 2 小时 15 分的时差，但好在作息时间跟国内同频。现在飞来北美洲，才是真正的"孤单北半球"。原来随时都能跟家人视频聊天，现在却已是日夜颠倒；而且回家路漫漫，完全没有时间表，甚至能不能回家还要打个问号。

　　我无力地躺在酒店的床上，窗外的狂风卷着暴雨，像无数条鞭子抽打在玻璃窗上，留下一道道水痕。望着从超市抱回来的食物，我一点儿食欲也没有，就这么迷迷糊糊地睡着了。

■ 热带风暴警报

DAY
（2021 年 8 月 22 日—10 月 2 日）
129-170

每次回家
都是
一次旅行

每次回家都是一次旅行

次日清晨，我早早醒来，烧退了，雨停了，我也该重新振作起来了。

于是我拿出当年旅行全球的劲头，认真地做接下来的"旅行攻略"。

我去新泽西租了一辆由福特货车改装的房车，独自一人用 2 个月的时间横跨了美国 15 个州，从东海岸纽约出发直至抵达了西海岸的洛杉矶，我去了无数个博物馆，开完了 66 号的公路全程（自芝加哥到洛杉矶 Santa Monica 沙滩），抵达了壮观的巴林杰陨石坑（Barringer Meteor Crater），拜访了喜欢不已的"生物圈 2 号（Biosphere 2）"，还有我的童年梦想"罗斯维尔（Roswell）"，并且徒步穿越了美国大峡谷（Grand Canyon）。

■ 徒步穿越美国大峡谷

■ 羚羊谷

■66 号公路起点

■66 号公路终点

我是个旅行者，也是个流浪人

白天，我一边行走一边如饥似渴地做旅行攻略；晚上，我睡在房车营地，偶尔也睡在服务区，我还是Tacobell（墨西哥快餐厅）的常客，因为他们总是有宽大的停车场可以让我凑合一晚。

其间的旅行故事，也许我会在未来的某个时候再翻出来回忆并与大家分享。如果大家感兴趣，也可在视频号关注"皮元"，里面有我剪辑的很多视频。

回想起2011年我在深圳做一个临深房地产滨海项目的时候，项目的营销总监为了强调她的项目之美但离深圳很远，避重就轻地提出了一个宣传口号"每次回家都是一次旅行"。我当时对此嗤之以鼻：回家为什么是一次旅行？"归心似箭"才是属于"回家"的情感，谁会想让自己的回家像旅行一样漫长呢？没想到，十年后的我却成为语中人——真的有像旅行一样漫长的回家路。

■ 大峡谷的日落

■白沙导弹试验场（WSMR）

■66号公路上的机车党

回家

10 月 2 日，我终于在洛杉矶登上了回家的飞机。

候机厅灯光昏暗，我坐在宽大的椅子上望着窗外，登机廊桥正在连接客舱。回家之路近在咫尺，我却有种恍若隔世的感觉。

忽然，我觉得好累。我登山的时候常说"登顶不是登山的全部，回家才是"，因此我的珠峰攀登此时此刻还未结束。192 天，我登了一个可能珠峰攀登史上登山周期最长的珠峰（后来知道我隔壁队伍的毛毛更厉害，历时 411 天，直到 2022 年 5 月 28 日才回国）。感恩珠峰接纳，让我站在世界之巅；感谢美国的过渡，在我无法归家时给了我一道回国的曙光；感谢我国内外的朋友们，给了我无数帮助；最感恩我的家人，自始至终义无反顾地支持我。

"今晚在太平洋上空飞行 15 个小时，我要睡一个半年来最好的觉。"这是我登机前在朋友圈发的。

10 月 24 日，结束了 21 天的隔离。我特地让爱人不要告诉孩子我当天回家，果然进家门时两个儿子看着我硬是愣了半天，正如我戏谑的一首打油诗：

"34 离家 35 岁回，容貌无改胡须衰。

儿子见我呆若鸡，惊问爸从何处来。"

"成功登顶，安全回家！"

——我的珠峰攀登，终于结束了！

■ 自驾碎片

后记

落笔至此，距离我攀登珠峰已经过去了 557 天。我曾两度起稿这篇"珠峰日记"，但最终还是将其删掉。

"将这段记忆再沉淀一下吧！"我想着，"悲壮？荒诞？孤勇？我竟然很难总结那近两百个日夜。或许时间足够长，对这份记忆的评价就能更成熟吧。"

2019 年攀登完马纳斯鲁峰后，我的记忆力大受损伤；2021 年攀登完珠峰后，也有好多事情记不清楚了。好在有运动相机，那天晚上我打开电脑，一段段地播放记录下的视频素材：狂风呼啸中，我正紧促地呼吸；高山日光下，积雪被踩开正吱吱作响——声与光终于唤起我对那些风雪的记忆。

想起登顶那天，我终于走完了通往世界之巅的最后一步。回头看，喜马拉雅山脉上一座座撼世巨峰如突起的龙脊，偶现云海间蜿蜒却不知尽头。

这世间，哪有山比这更高？

常有人问我：攀登珠峰有什么意义？你倒不如问：人生到底有什么意义？

人在这世上，哪天不在"攀登"？

从珠峰归来，我受深登协之邀，仅在深圳图书馆做过一次分享，别再无他。我更愿意把这份记忆存在心中慢慢发酵，更希望每个周末都能遇上个晴好天气，带着孩子和他们班的同学一起攀爬。

维特根斯坦一生传奇，他临终时说：

"告诉他们，我度过了幸福的一生。"

■ 冰雪世界

关于珠峰攀登

附录

这里有些关于攀登的概念

攀登周期：珠峰的商业攀登有春秋两季，而 99% 的商业队伍都会集中在春季进行（每年九月左右，也会有极少队伍进行秋季攀登），因为此时的天气最为稳定（冲顶窗口期基本在 4~5 月之间）。一般来说，从抵达加德满都起到攀登结束返回加德满都，需要 40~60 天。

攀登方向：珠峰位于中国与尼泊尔的交界处，因此北坡（中国）和南坡（尼泊尔）是商业登山者唯二的选择，但大多数的登山者都会选择南坡，因为尼泊尔的商业队伍众多，补给充足，各个登山公司在竞争中也逐渐形成了自己的风格和优势。

攀登内容：分为高海拔徒步、高山拉练、等待和冲顶四个部分，其中"等待"是我自己加的。

■ 攀登草图

珠穆朗玛峰峰顶 8848.86米

5364米 珠峰南坡大本营

5980米 C1营地

8800米 南峰顶

希拉里台阶 8790米

5140米 高乐雪

6400米 C2营地

C4营地 7950米

C3营地 7040米

罗波切东峰 6090米

罗波切 4910米

丁波切 4410米

汤波切 3680米

3440米 南池巴扎

帕克丁 2610米

卢卡拉 2840米

■ 皮元珠峰南坡攀登路线图

149

高海拔徒步：主要是指 EBC（Everest Base Camp）徒步，即从卢卡拉（Lukla，海拔 2840 米）起，到珠峰南坡大本营（Base Camp，海拔 5364 米）结束。抛开珠峰攀登不谈，EBC 本就是世界上最著名的徒步线路之一。此次攀登，我全程用"两步路"记录从卢卡拉到海拔 8848.86 米的每一步，可能是世界上最完整的珠峰攀登轨迹图之一。

地点/海拔(米)	距离（公里）	耗时（小时）
卢卡拉（海拔 2840 米）－帕克丁（海拔 2610 米）	4.42	3:05:27
帕克丁（海拔 2610 米）－南池巴扎（海拔 3440 米）	10.9	6:43:50
南池巴扎（海拔 3440 米）－汤波切（海拔 3680 米）	9.84	5:31:54
汤波切（海拔 3680 米）－丁波切（海拔 4410 米）	9.08	3:00:54
丁波切（海拔 4410 米）－罗波切（海拔 4910 米）	7.78	5:28:35
罗波切（海拔 4910 米）－罗波切东峰（海拔 6090 米）－罗波切（海拔 4910 米）罗波切（海拔 4910 米）－高乐雪（海拔 5140 米）－BC（海拔 5364 米）	7.6	2:55:52

■ 以上，就是我此次攀登期间 EBC 的全部行程。

冲顶

地点/海拔（米）	距离（公里）	耗时（小时）
BC（海拔 5364 米）－C1（海拔 5980 米）	5.2	6:01:04
C1（海拔 5980 米）－C2（海拔 6400 米）	2.95	3:16:06
C2（海拔 6400 米）－C3（海拔 7040 米）	2.69	5:14:49
C3（海拔 7040 米）－C4（海拔 7950 米）	1.99	6:46:25
C4（海拔 7950 米）－阳台－黄带－希拉里台阶－顶峰－C4（海拔 7950 米）	3.17	14:38:00

攀登费用：很多人都好奇攀登珠峰到底要花多少钱，实际上攀登珠峰是一个系统的工程。每个把珠峰设为目标的攀登者，之前都会攀登很多山；再说装备，我攀登珠峰几乎没有买装备——因为之前登各种山把装备都买齐了。所以……这笔账不好算，但你要单问攀登珠峰的登山费是多少的话，南坡都在5万美元上下，北坡则更贵。